98歳、石窯じーじのいのちのパン

竹下晃朗

筑摩書房

全粒粉100パーセントにこだわる竹下晃朗さんのパンは、喩えて言うなら玄米ご飯のような素朴な味わい。小麦本来のいのちの味がする
次ページ>左上：大豆ミルク（奥）と麦芽糖　右上：パン生地はグルテンがうまくつながるように、軽く混ぜ込んでやさしく扱う　左中：ショートブレッドの型もお手製

BIRDIE

石臼の上下面を重ねた時の溝の状態を表す図

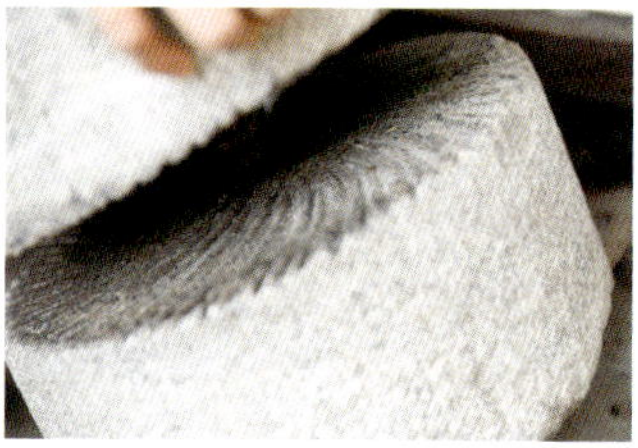

上：石臼を回すスピードはゆっくり。挽けるのは１時間にわずか1.5キロ。手仕事のようなこの遅さがとても大事　左下：キッチンにある手造りオーヴン（３代目）

外国の資料を探し、自分で図面をひき、何度も失敗しながら、娘婿のマークと2人で造り上げたロシナンテ窯。300℃という高温の窯の内部にスチームをこもらせることで、しっとりしたパンが焼き上がる

竹下少年の舌に刻み込まれた思い出の味。あの素晴らしい味をもう一度——大人になるにつれて、その思いは強くなって行った

就寝前の読書が日課になっている。最近読んでいるのはエンデの『はてしない物語』

98歳、石窯じーじのいのちのパン

竹下晃朗さんの本職は機械のエンジニア。
だからパン作りは、あくまで自分のために焼く、自分のもの。
心の中の幸福のパン種をふくらまし、
それをいつしか人生の魔法としてしまった人の物語。

CONTENTS

プロローグ　竹下晃朗という人のパン、そして、人生

早川茉莉

　京都市左京区修学院。

　名刹・曼殊院門跡に向かう長い坂道の途中に竹下晃朗《たけしたあきろう》さんのご自宅があります。京都市内とはいえ、住宅の間に草地が残る修学院のあたりは、背後に山が迫り、街と山との結界にあるような場所。その一角にある竹下家は、どこか山小屋のような風情のある建物です。聞くと、宮大工が建てたものだといいます。

　インターホンを鳴らそうと木製の扉の前に立つと、ここが石窯パン研究家の自宅という先入観があるからなのか、扉脇に設置された大きな木製のポストは、そこからおいしそうなパンの香りが漂って来るパンボックスのようにも思えます。

　木の扉を開けて中に入ると、庭石のように石臼が配された庭があり、その先にあるガラス戸の向こうに、眼鏡をかけて作業をしている竹下晃朗さんの姿が見えます。粉を挽いて

いる日は、奥の工房から、ゴロゴロと石臼が回る音が聞こえてきます。

パンを焼かない日は、庭に面した陽の降り注ぐリビングルームのテーブルで、本を読んだり、ものを書いたり、調べたり。竹下晃朗さんは、常に何かをしている人なのです。

パンを焼く日も、焼かない日も、竹下晃朗さんの日常着は、シャツにジーンズにエプロン、そして腕にはアームカバー。郵便物や宅急便を届けにやって来る人たちからは、「どうしていつもエプロン姿なんですか？」と尋ねられるそうですが、この人は一体何をしている人なのだろう、とみなさん思うようなのです。

竹下晃朗さんのトレードマークとしての、エプロン、アームカバー。そこには、静かなエネルギーが蓄えられているようだし、噛みしめるパンのような風味が添えられているようでもあります。


「私のパンへの思いは、オーストラリアのシドニーで生まれ、育ったことから始まった。毎朝食べていたあたたかいカントリーブレッドの馥郁《ふくいく》たる味が忘れられないことが原点であると思う」

竹下晃朗さんはそう話します。

シドニーの朝。街をゴトゴト走る木製の車輪のついた箱車。その車に積まれているのは焼き立てのカントリーブレッド。まだあたたかいそのパンが家に届くと、竹下家の朝食が始まります。テーブルに並ぶのは、カントリーブレッド、ジャム、オートミール、そして牛乳。それが竹下晃朗さんの思い出に残る幼い日の朝食の風景です。

父親の転勤に伴い、六歳で帰国しますが、シドニーで食べていたようなカントリーブレッドには出合えないまま月日が経ち、その後、自由学園の生徒だったときも、自由学園の那須農場の主任として開拓に身を捧げていたときも、竹下晃朗さんの心の片隅には、幼い頃、シドニーで食べていたカントリーブレッドがありました。

時が流れ、自由学園の同期生であり、進々堂の専務だった続木満那氏に誘われて京都に移ることを決めますが、もしかするとこの京都という地は、竹下晃朗さんにとっての魔法のドアだったのかもしれません。だって、京都に住み、根付くことで、竹下晃朗さんはパンの「天使」に出合うことになるのですから。

京都でパンに関わる仕事をするようになってからの竹下晃朗さんは、本格的においしいパンの研究を始めるようになり、パンへ、パンへと導かれて行きました。

オーヴンのエンジニアとして働いていたとき、ヨーロッパ最大の製菓・製パンの見本市の手伝いで、ドイツに出かけます。そのとき、宿泊先のホテルで食べたブロッチェンのおいしさに衝撃を受けます。もう四十年以上前のことです。それは、ホテルの隣にあった小さなパン屋で焼かれたものでした。

ブロッチェンというのは最もシンプルな小型のテーブルロールのようなパンで、当時、神戸の有名店でも作られていたので食べたことはあったものの、おいしいと感じたことは一度もなかったそうです。なのに、そのブロッチェンは、日本で売られているものと形は同じでも、味は全く違っていたのです。

ドイツでの二週間の滞在期間、竹下晃朗さんは、この作り方だけを勉強して帰ろうと、ビールもソーセージも一切口にせず、ブロッチェンだけを食べ歩く日々を送ります。そしてついにその製法を突き止めます。

帰国後、その興奮冷めやらぬうちに焼いてみようと、神戸の知り合いのパン屋のオーヴンを借りて再現を試みたのですが、出来上がったのは、見た目は同じでも、全く気の抜けた代物でした。

レシピも、製法も同じなのに、味わいが違うのは何故か。どこが違うのだろう。何が違うのだろう。このことが、竹下さんのパン人生の第二のスタートになったのでした。

竹下晃朗さんには、エンジニアとしての顔と石窯パン研究家としての顔があります。さらに付け加えるなら、九十四歳から始まった、洗濯、掃除、食事作りなど、日々の営みを自らつむぐ家庭人としての顔があります。

竹下晃朗さんの人生をたどると、どうすればおいしいパンが焼けるか、どうすればおいしいパンが食べられるかという探求心、パンへの情熱を原動力とした研究心、そして毎日の生活にていねいに気を配る姿が、言葉や生活の細部から浮かび上がってきます。

毎日、することがいっぱいだ、と竹下晃朗さんは言います。

すでに一〇八回を超えたカフェ・ミレットでの石窯パンのワークショップ（これはこれで、ものすごく感動的で、奇跡のような積み重ねだと思います）、設計した石窯の修理や相談、注文を受けて石臼で挽く粉、今もなお、おいしいパンについて研究する日々――。

ただし、竹下晃朗さんが求めるおいしいパンとは、飽食の時代に生きる私たちが追い求めるリッチでふわふわの贅沢なものとは一線を画します。小麦本来の味が生きたいのちの食べ物としてのパンです。

そして、自分の生活を自分で引き受ける日々のあれこれ。二世代住宅に息子さん夫婦と住み、家族に見守られながらではありますが、竹下さん自身の日々の生活は、自身の手でつむがれています。日々の生活の中心は、食事の支度であり、家事全般の仕事。日々の献立を考え、鰹節をひいてとった出汁でお味噌汁を作り、圧力釜でご飯を炊く。そして、毎晩の漢方薬の煮出し。プリンやクッキーなど、三時のおやつ作り。さらには、長男のお嫁さんに誘われて始めた週に一度のハタヨーガ、クリスマスに向けてのチェロの稽古——。

その経歴、経験、日々のあれこれ、そうしたことはすべて、「シドニーで食べたパン」、そして、「ドイツで食べたブロッチェン」に収斂され、行き着く先にあるのは、いのちの食べものとしてのパン。まるですべてがパンのためにあったかのような人生の流れです。

こうして、竹下晃朗さんの人生や日々の暮らし、自身の思考はパン種となり、いのちの食べものとしてのパンに投影されて行くのですが、そのことは、好きなもの、求めるものをまっすぐ、ひたすらに続けていくことこそがそこに近づくたったひとつの近道、魔法だということを教えてくれます。

「晩年は人生を一日にたとえたきれいな言葉だ。光る朝は、かならずや暮れて晩で閉じられる」とは、昔読んだ雑誌にあった言葉ですが、好きなものを追い続け、生きて来た九八年の人生が刻まれた竹下晃朗さんの表情は、やさしく、美しく、すてきです。

本を閉じたあと、ある人はおいしいパンを食べたいと思うかもしれません。ある人はおいしいパンを焼きたいと思うかもしれません。ある人は本物の味とは何だろうと考えるかもしれません。ある人は、キッチンに立っておいしい料理を作りたくなるかもしれません。人生について思いを巡らす人もあるかもしれません。恋をしたくなる人だってあるかもしれません。きっときっと、たくさんの魔法のドアが開いていくことでしょう。

この本は、そんな竹下晃朗さんからの贈りものであり、読者一人一人に、その人にとっての「幸福のパン種」を手渡し、受け継いでもらう一冊です。

（編集者）

第1章　九十四歳からスタートした一人暮らし

自身でつむぐていねいな暮らし

九十四歳のある日、突然一人暮らしに

早いもので、今年で九十八歳になりました。

喘息持ちで病弱だった私が、この年まで生きて、パンを焼いていることに、私自身がビックリしています。多くの困難の中、よくここまで生きて来られたと思います。すべてのことは天の導きであり、神の恩寵と恵みであったと心から感謝して、残りの人生を全うしたいと願っているのですが、本音を言うと、九十八歳になったんだと思うと、気が滅入ってしまうこともあります。気分は七十歳位なのです。

私は今、京都市の北のはずれ、修学院で一人暮らしをしています。妻の信子が認知症になり、ホームに入ってから、突然、一人暮らしが始まりました。私が九十四歳の時のことです。一人暮らしといっても、我が家は二世代住宅で、息子夫婦が何かと気をかけてくれ

ているので、家族に見守られながらの恵まれた一人暮らしといえるのかもしれません。

妻がホームに入ることになったのは、娘の桃子はアメリカで暮らしており、長男の亘の連れ合いの八千代さんは、若いときの交通事故で失明した人であったので、家族で相談の上、そう決めたのです。

私自身、このことについては納得していたものの、やはりいつもそばにいてくれた妻がいない寂しさもあったのだと思います。桃子に、「あの頃のパパは、寂寞だ、と嘆いていた」と言われました。ですが、列車のポイント切り替えのように、違う路線になったんだと自然に思えるようになりました。もちろん、徐々に、ですけどね。

とはいえ、九十四歳にして始まった一人暮らしは、毎日の食事作り、掃除、洗濯……と家事のすべてを突然自分ですることでもあったので、周りの人たちからは「大変でしょう」と心配されていたようです。もちろん息子夫婦も、私をサポートするためにさまざまなオファーをしてくれましたが、私は日々の暮らしを一人で営むことをさほど苦には思っていなかったので、そうしたことには甘えないようにと、普通に、淡々と受け止めていました。

幸い、家事と呼ばれる日常の仕事は、自由学園時代に身についていたので、それをすることに戸惑いはありませんでした。

今思うと、自由学園で学んだことや体験したことは、私の貴重な財産になっているんですね。そして、私の人間形成の基礎は、自由学園での十四年間にあることもまた、確かだと思っています。自由学園では、学問だけではなく、もっと広く、掃除や洗濯、炊事や労働にも教育的な価値があり、それを身につけることが人間教育である、という考えから、生活教育に力を入れていたんです。当然私もそうした生活教育の洗礼を受け、生きる技術というのか、生活力のようなものは身についていました。今思えば、本当にありがたいことです。

そういう風に自分を仕向けたわけではないんですが、こうして日常の家事をすることも、ある意味、実験のようなものです。あれをこうしたらどうだろう、こんな風に工夫してみたらどうだろう、と、至るところにエンジニア魂をくすぐる種が、家事には隠されているんです。家事には工夫と向上がある、これはひとつの発見でした。そして、気づいてみたら、いつも妻がいたキッチンは、いつの間にか私仕様になっていました。

石窯じーじのキッチン

キッチンを見た人は、たくさんの鍋が並んでいることにびっくりされるようですが、もともと妻が使っていたものがほとんどです。でも、私がここを使うようになってからは、だんだんと実験室のような様相を呈して来ました。

キッチンの一角にあるステンレス製の大きなオーヴンは、四十数年前に私が手造りしたもので、ガスコンロの上に据え置くタイプのものです。焼成中にスチームがこもるように、庫内にポタポタと水が落ちてスチームが発生する仕組みになっています。

今使っているのは三代目です。一代目は、中古で見つけてきたアメリカ製のオーヴンで、非常にうまい具合に焼けたんですが、鉄製だったものですからスチームで錆びるんですね。ですから、二代目はそれをモデルにしてステンレスで作りました。三代目のオーヴンは、フランスの窯からヒントを得てスチームをこもらせるようにしているので、パンでも、お菓子でも、とてもおいしく焼けます。

以前は、料理好きだった妻がこのオーヴンを使って、料理をしたり、お菓子を作ったりしていましたが、今は私がパンやお菓子を焼くのに使っています。

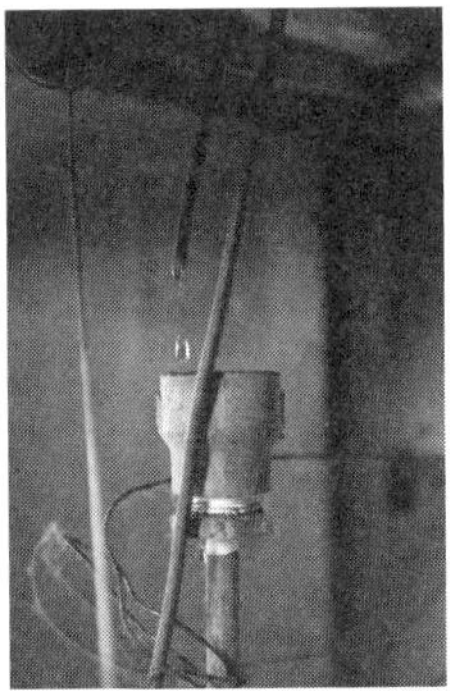

点滴パイプ

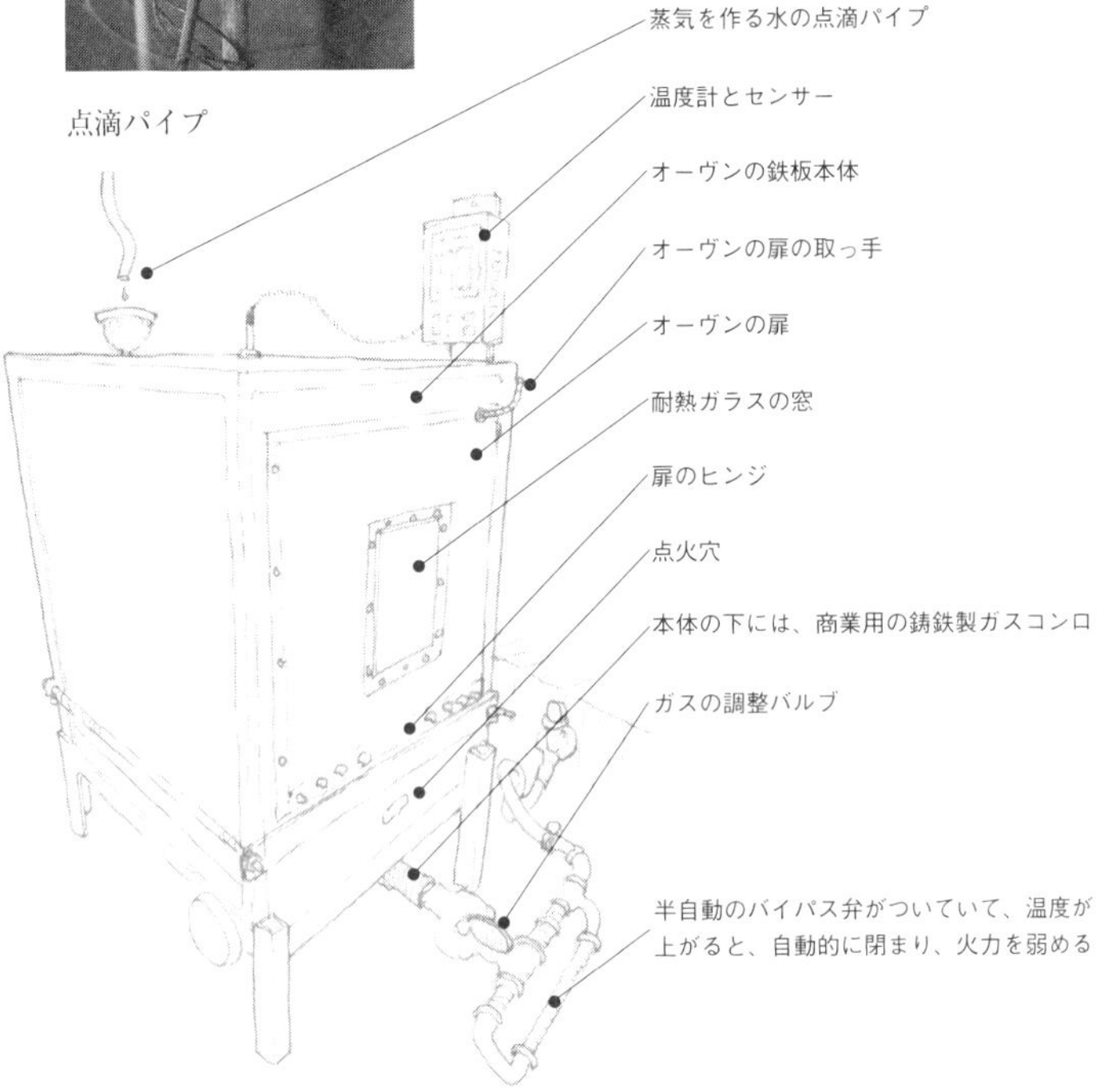

手造りのステンレス製オーヴン

オーヴンのそばにはガスコンロがあり、ここで煮炊きをしていると、窓の向うにはロシナンテ窯や石臼のある私の工房が見えます。ガスコンロの横には、鰹節を削る道具や外国製の缶切りなどがあり、それは私には見慣れた光景ですが、初めてここに入った人は、「この据え付けの缶切りは便利ですね」とか、六十年使い込んだ箱型の鰹節削り器を見て、「これで削っているんですか?!」と大変びっくりされます。私と同じ、時代遅れの骨董品なのかもしれません。

あるとき、使っていた鹿児島の龍門司焼の急須の取っ手が取れてしまいました。こんなとき、買い替えれば便利なんでしょうが、私は、もったいないという気持ちが先に立ってしまいます。そこで考えたのが、壊れたコーヒーサーバーの取っ手の再利用です。試してみたところ、果たしてサイズもぴったりにはまり、この上なく使い心地のいい急須に生まれ変わりました。

私は突然、こんなものを作ってみようと思いつくので、キッチンには食材をたくさん保存しています。さぁ、これを作ってみようと思ったとき、すぐに材料を買いに行けるわけではないので、とにかく用意しておきたいと思っちゃうんですね。たとえば、味噌を仕込もう、と思ったときに、その材料が揃っていて欲しいんです。こうしたこともまた、ものを組み立てるための部品と同じなのかもしれないですね。娘が帰国したときに、いろいろなものが山のようにあるので叱られるのですが、食材もまた、私にとっては宝の山なんです。

石窯じーじのエプロン

シャツとジーパンにエプロンをかけ、アームカバーをする。これが私のユニフォームで、仕事も、家事も、すべてこれでこなします。帽子をかぶることもあります。

いつもこのスタイルなので、郵便や宅配便を配達に来る方から、「何をされているんですか？」と、昔はよく訊かれました。九十歳を過ぎた老人がいつもエプロン姿で出てくるので、何をしている人なんだろう、と思ったみたいですね。

エプロンも、アームカバーも、石窯じーじ仕様にと、妻と娘が作ってくれたものですが、最近になって、桃子の旦那さんのマークが、私の窯のロシナンテという名前に「老師燦手」という漢字を当てたエプロンを作ってくれたので、石窯のワークショップの時には、それをつけたりしています。

シャツにエープロン、腕にはアームカバーのいつもの姿でおやつ作りに精を出す。アームカバーは柄の違うものを何枚か持っている。下の写真は取っ手の取れた急須にコーヒーサーバーの取っ手を付けたもの。使いやすさ満点

「石窯じーじ」というのは、アメリカに住む私の孫が愛情込めて作ってくれた、私のウェブ・サイトのビデオのひとつのタイトルです。私が作る資料には、「竹爺リポート」と書いたり、「石窯じーじリポート」と書いたりしていますが、おいしいパンのことを考え、研究し続けて、気がつけばおじいさんと呼ばれる年になっていました。

鰹節を削り、出汁を取り、圧力鍋でご飯を炊く

現在は、週に二度、ヘルパーさんが来てこまごまとしたことをしてくれますし、生協の宅配もあります。それだけじゃなく、八千代さんがおかずをいっぱい作って持って来てくれるので、非常に贅沢な一人暮らしだと思うのですが、私は食べものの好き嫌いが割合はっきりしていまして。ですから、口に合わないこともあって、せっかく作ってくれたのに申し訳ないなぁ、と思うこともあります。

私はどちらかというと、バターやミルクなど、洋風のものが好きなんですが、ご飯を炊いたり、味噌汁を作ったりもします。実を言うと、味噌汁はあまり好きではありませんが、九州の甘い麦味噌は割合好きなので、それを使います。

味噌汁を作るときは、鰹節を削って出汁を取るのですが、桃子は、「今は、化学調味料を使っていない粉末やエキスの便利なものがあるから、それを使ったら?」と勧めてくれます。一人暮らしの私のことを考えてそう言ってくれていることはわかっていますが、でも、嫌なんですね、何でも便利に、インスタントにするってことが。あえて、時代遅れのレトロなほう、困難なほうを選んでしまいます。

思えば、私の人生もそうだったような気がします(笑)。インスタントにするっていうことは、インスタントにしか理解できませんから。あえて、大変な道、苦労する道を選ぶのが性分なんでしょうね。「川は曲がりくねって流れている」、これが道理なんじゃないでしょうか。やっぱり、手をかけたり、気をかけたり、心をかけたり、時間をかけるってことをしたいと思っちゃうんですよね。手間を惜しまず、手を抜かず、そうすることが苦にはならないんです。そうすると、工夫やアイデアが見つかることもあって、それが面白いということもあるわけで。考えてみたら、ひと昔前の生活というのは、誰もが毎日を工夫して、ていねいに暮らしていたように思います。

週に何度かご飯を炊きますが、ずっと鋳物屋という会社の圧力鍋を使っています。今は、ヘイワ圧力鍋という名前のようですね。この鍋は内鍋付きで、直火炊きをしないので、焦がすことなくご飯を炊くことができ、玄米でも、本当にもっちりとおいしく炊けますよ。お米は無農薬の玄米ですが、少し食べにくいので、軽く精米し、その糠《ぬか》も一緒に炊いています。でも、この圧力鍋を使うとご飯でも、蒸し物でも、焦げることがなく、本当においしくできますし、硬くなったパンも、これを使って柔らかく戻して食べています。

いつだったか、水の分量を間違えて、ポロポロの粒の状態のご飯になってしまったことがありましたが、その上に水を入れて、再度十五分程炊いてみたところ、いつものように、きれいに炊きあがりました。これも、内鍋があるから出来たことだと思います。

この圧力鍋はもう三十年以上も使っていますが、パッキンがダメになったときも、問い合わせをしたら、ちゃんと知識を持った人が対応してくれて、無事にパッキンが送られてきました。今のパッキンは三代目です。ダメになったから簡単に買い替える、というのは性に合わないんです。でも、短いサイクルで商品が変わったり、廃番になったりすることが多い中、長く使い続けることが出来るこういう会社や商品があるということは、すばらしいことだと思います。

手作りのマーマレード

毎年六月になると、和歌山から届く酸味の強い夏みかんでマーマレードを作ります。かつては妻と二人で、毎年毎年、決まりごとのようにマーマレードを作っていたのですが、妻がホームに入ってからは、一人で作るようになりました。

毎年、これが最後になるかな、と思いながら作るのですが、このマーマレード作りも、もう五年目になりました。

今年は妻を見送ったあと体調を崩してしまったのですが、だんだんと体調が戻った頃、夏みかんが届いたので、じゃあ、今年も、と作ることにしました。ただし、今年はいつもと違って酸素チューブをつけていたので引火する恐れがあり、ガスが使えませんでした。そこで卓上のＩＨコンロを使って作ることにしたのですが、これだと大鍋のアルミ鍋は発熱しないので、コンロの上に五ミリの鉄板を置いて、その上に鍋を置いたところ、うまく行きました。

レシピは特にありません。むいた皮を千切りにして煮て、袋から取り出した身を混ぜて砂糖を加えて煮詰める（煮詰めるとき、最初は圧力鍋を使い、その後、蓋を取ってオープ

マーマレード作り

ンにした状態で煮詰めます）、ただそれだけですが、作りながら味見をして、甘みが足りなければ砂糖を足します。今年は少量の塩を試しに入れてみましたが、夏みかんの苦みも感じられる、おいしいマーマレードが出来上がりました。

ささやかなことでも、こうして季節のルーティンをこなしながらいろいろな工夫をして、日々の生活を自分の手で作って行くのが楽しいし、好きなんですね。

こんなものを食べています

洋風のものが好きだと書きましたが、ある日の私のメニューです。

朝食

全粒粉一〇〇パーセントの自家製パン＋手作りのジャム
麦味噌の味噌汁
ヨーグルト（種菌を植え継ぎで作っている）
ファーストフラッシュのダージリンティー
ブルーチーズ

ブラウン・スイスのノンホモ牛乳（木次《きすき》牛乳）

昼食

ブラウン・スイスのノンホモ牛乳（木次牛乳）
玄米餅を焼いたもの

夕食

ご飯
麦味噌の味噌汁
圧力鍋で作ったスペアリブ（放牧の豚肉）

食事はだいたいこんな感じですね。今はあまり動かないので、お昼は簡単にすませています。大抵は味噌汁とパン、漬物とパンといった組み合わせで、ご飯よりパンのほうが好きです。

パンは、だいたい十日に一度くらいの割合で焼き、余った分は冷凍保存しておきます。ヨーグルトを手作りしたり、フードプロセッサーを使ってミンチを作ったり、圧力鍋を使って骨付きの鶏肉料理を作ったり、いろいろなものを工夫して作ります。時には、インターネットでレシピを調べて作ることもあります。料理やお菓子作りには、あれこれ工夫の余地があるのがいいですね。

細かいことにはこだわりませんから、レシピはいい加減です。まぁ、その方が工夫のしがいがあるようにも思いますが、パンと同じで、材料だけは上等なものを使うようにしています。そうすれば、多少いい加減に作ってもおいしく出来ますからね。

私はケーキを見ても、どんな材料が使われているんだろう、という気持ちが先立ってしまいます。いくらきれいで、おいしそうに見えても、見かけばかりを優先した化成品もどきのものは、やっぱり嫌なんです。

食事作りではありませんが、長年通っている漢方医に処方してもらっている十種類以上配合した漢方を、寝る前と朝起きたときに、かれこれ二十年くらいは飲み続けているのですが、毎晩それを煎じるのも日課になっています。

毎日、することがいっぱい

ありがたいことに、毎日、することがいっぱいあります。

石臼で小麦の実を挽いたり、道具を組み立てたり、石窯の設計図を描いたり、手紙を書いたり、石窯パンのワークショップの資料を作ったり、いつも何かしらしているので、ヘルパーさんからは、「先生はいつも書き物をしたり、お忙しそうですね」とびっくりされます。これもまた性分なんでしょうね。

「もう私は、体力、知力共に衰えて来ましたので、石窯造りはこれで最後にします」と、石窯パンのワークショップの通信に書いたのが、九十歳のときです。実際、九十八歳にもなると、衰えを感じますし、何かに挑戦することの限界も感じます。でも私は、風が吹けば風が吹くように、雨が降れば雨が降るように、生きて来ました。だから、老いや衰えに抗うことよりも、それに添うように、日々を送るだけです。常に、身の丈に合った列車に乗り換えて来たように思います。

そうは言いながら、石窯を造りたい、という相談を受けたりすると、ついついそのことに夢中になってしまいます。これもまた、性分なんでしょうね。

時にはヘルパーさんから、家の掃除機が壊れたから直して欲しいとか、家電の修理を頼まれることもあります。私はもともと、エンジニアなので、こうした修理は苦にならないんです。

南向きの庭に面したリビングの一角にある机が私の定位置です。ガラス窓からは庭や空が見え、その向こうに「社会」が続いています。

今は、木の塀があるので、家の向かいに建つ神社の鳥居や森は見えませんが、以前はオープンでしたので、道路から家の中が丸見えでした。周辺にはあまり住宅が建っていませんでしたし、前の道路もデコボコの山道でした。

机の上には本や資料、パソコンが置いてあり、ここで調べ物をしたり、アメリカに住んでいる娘とスカイプで話したりします。電動の石臼を置いている工房やキッチンが実験室なら、ここが私の書斎のようなものかもしれません。

娘とのスカイプを使った会話は、毎日の日課です。会話の内容は主に、こんな材料があるけど何が作れるかな、という献立の相談ですが、日本時間の夜が向こうの朝なので、この時間にいろいろなことを話します。

チェロの練習、八千代さんとのヨーガ

自由学園の男子部では、一年生から楽器を持たされ、最初はバイオリンを習っていましたが、母がチェロを買ってくれたので、バイオリンをやめてチェロを始めました。あの頃は、自転車に乗ってチェロをかつぎ、目白から高円寺まで習いに行っていましたね。週に一度のレッスンがあり、二、三年習ったと思いますが、戦争が始まったので、やめました。

自由学園は音楽教育に熱心だったので、私も学園のオーケストラに入り、男子部の五年生だったとき、関西に演奏旅行に行ったこともあります。女子部も一緒で、京都の朝日会館で演奏をしたことを覚えています。帰りは伊勢に回って伊勢神宮を参拝し、名古屋で演奏をして、東京に戻りましたが、あの頃はまだ平和な時代でした。

チェロは京都に住むようになってからも先生について習っていたので、今も時折、弾いています。最近は、八千代さんが弾くピアノとのセッションを目標に、ゆっくりとしたペースで練習しています。

また、八千代さんの勧めで、ハタヨーガをやっています。ハタヨーガというのは、から

チェロの練習

だの運動と呼吸を組み合わせたもので、私のような老人にも無理なく出来るというので、週に一度、八千代さんが声をかけてくれ、二人でやっているのです。呼吸を意識したり、すり足をしたり、おかげでいい運動になっています。

一時間ほどヨーガをしたら、二人でおしゃべりをしながらお茶を飲む。これが息抜きになっています。

コラム　じーじの一日

7：00——目覚ましが鳴る。寒い季節は、タイマーでセットした時間にガスストーブが自動的に点火する頃、起床。髭剃りをしてから、顔を洗う。寒い季節は寝床で髭剃り。

7：30——前の晩に煎じておいた漢方薬を飲んでから、朝食の用意をする。朝食。パン、ヨーグルト、ダージリンの紅茶。パンはバター、チーズ、蜂蜜、ジャム、ピクルスなどと食べる。蜂蜜は、日本ミツバチのものを、洛北大原から取り寄せている。

8：00――朝の連続テレビ小説を見終わってから、ニュースをチェックし、新聞をすみずみまで読む。

その後は、洗濯をしたり、炊事の後片付けをしたりで、忙しい。日によっては、パンを焼く準備をしたり、粉を挽いたり、「関西よつ葉連絡会」や「べじべじ倶楽部」（無添加食品の宅配）の注文表を書いたり、書き物をしたりもする。

12：00――昼食。牛乳や玄米餅だけで済ませることが多い。牛乳は必ず飲む。

13：00――ソファでうたた寝。

その後、パン焼き、チェロの練習、工房でごそごそ雑用をする。よい天気だと、鷺森神社まで散歩をしたり、予定がなければ、クッキーを焼いたりプリンを作ったりする。

18：00――夕食。水・金・土曜日は、自分で作る。火曜日はヘルパーさんと一緒に作る（要支援の条件）。メニューはポテトサラダ、揚げ物、いなり寿司、海苔巻きなどに決まっている。こうしたメニューはヘルパーさんにリクエストしているので、そのための材料を用意しておく。木曜日は、生協助け合いのお弁当が届く。

長男の仕事が休みの日曜日、月曜日は、長男夫婦と一緒に食べる。

19：30——夕食後は主にテレビをみる（好きな番組は、ニュース、ワイドショー、ETV特集、福祉番組、日曜美術館、クラシック音楽館（かならず！）、NHKスペシャルなど）。

アメリカに住む娘の桃子とスカイプで話す。その後、後片付けをし、漢方を煎じる。

21：00——入浴は、主にシャワー。

22：30——ベッドで一日の記録を記入し、本を読み、就寝。

＊日曜日は八千代さんと一緒に北白川教会の礼拝に出かける。

＊二〇一九年五月まで、月曜日は、妻のいるホームの訪問が日課だった。

第2章　どんな朝もパンから始まった

シドニーから自由学園へ

シドニーの思い出

私は、一九二二年（大正一〇年）八月七日、父・竹下五郎、母・直子の長男としてオーストラリア・シドニーで生まれました。

日本陶器（現在のノリタケカンパニーリミテド）の貿易販売のためにオーストラリアに赴任していた父と見合いをした母は、日本女子大学を中途退学して十八歳で結婚し、オーストラリアに同行しました。大学生活より、海外で暮らすことに魅力を感じたようです。私は、両親のオーストラリア滞在一年後に生まれたのですが、シドニー湾が「日光朗らか」と言われていたことにあやかって、晃朗と名付けられました。

当時の記憶は断片的にしか残っていないのですが、思い出しながら書いてみます。

私は七歳までシドニーで育ったのですが、父親の仕事の都合で、短い期間でしたが一度

シドニーにて、私のアルバムより

日本に帰り、また渡豪しています。

シドニーで最初に住んだ家は、街の対岸の山の上にあり、小さなドームを持った天文台がありました。すぐそばの急な坂道を、小さな電車がゴーゴーと走っていました。まだシドニー湾に橋が出来ていなかった時代なので、街に行くときは、フェリーボートに乗って行ったことを覚えています。

二度目はボンダイ・ビーチの近くで、こじんまりとした平屋で部屋数は多くありませんでしたが、その分、庭を広くした家でした。

シドニーでは、オーストラリア人の乳母の世話を受けていました。その頃母は、二十歳を過ぎたばかりでまだ若く、ゴルフや社交界でのつきあいに忙しく、日中はほとんど家にいなかったので、子育てはもっぱら乳母に任せっきりだったと聞いています。父も仕事で忙しかったようですし、シドニーでは、家で家族揃って食事をしたとか、そういう一家団欒の記憶はまったくありません。

モボモガ（「モダン・ボーイ」「モダン・ガール」を略していった語）という言葉がありますが、両親はモボモガそのものだったようです。特に母はお洒落で、今、当時の写真をみても、帽子、真珠のネックレス、毛皮のケープを身につけたハイカラな姿ですし、私たち子どもも、母が見立てたのでしょうか、それなりのお洒落をしていることがわかります。

当時母は、エセックスという2ドアの自動車を運転していましたが、ある登り坂の急カーブで電柱にぶつけ、バンパが曲がってしまったことを、後々まで話していたことも覚えています。
三、四歳になると、近所のオーストラリア人の子どもたちの仲間に入って遊んでいました。遊び相手に、日本人はいませんでしたので、私は全く日本語を話せませんでした。
遊び仲間でおやつのようなものを食べましたが、みんなは赤い飴に包まれたリンゴだったのに、私は年少であったため、コーンカップに入ったアイスクリームばかりで、くやしい思いをしました。

シドニーの小学校には、市電に乗って半年間通いました。当時、シドニーに日本人はほとんどいなかったようで、新聞にも小さく写真入りで私のことが取り上げられたことがあります。その記事は、母の妹（叔母）が大切に持っていましたが、どうなったでしょう。今もどこかにあるんじゃないでしょうか。その叔母が後に書いた本の中で、私の幼い頃のことを書いています。

「私には姪と甥があります。ですからもうおばさんになりました。昔から小さなおばさん

小さなおばさんと言われます。甥は四つでずいぶんいたずらです。一昨日も雨水を溜めておくかめの中に、植木鉢を沢山入れて水が溢れるのを面白がっていました。

シドニーに行っていたとき、植木屋さんが芝を刈るのを真似して、玩具のこわれたのに棒をつけて来て、一緒になって芝を刈る真似をしたそうです。

外国へ行っていたので、英語を覚えましたが、日本へ帰って来ると皆が日本語を使うので日本語も覚えました。それで、日本語と英語を半分づつでいろいろ話します。聞いていると面白うございます。又、いたずらで困ります」

多分、シドニーから戻り、二度目の渡豪の前のことだと思います。私自身はあまり覚えていないのですが、この頃から機械のことなどに興味があったのでしょうね。

そういえば、シドニーの劇場でキリストが十字架にかけられる映画をみた記憶がありますす。まだトーキーではありませんでしたが、弁士の記憶はありません。どういう仕掛けだったのかはわかりませんが、劇場の天井は全面青く、時折、白い雲がスッスッと流れていたのを覚えています。

クリスマスの朝、家のベランダの椅子の後ろに大きな紙包みがあるのを見つけ、それが両親がこっそり隠していた私へのクリスマス・プレゼントとわかったときは、大いに胸を躍らせたものです。それは、トランス（変圧器）付きの電気機関車とそれを走らせる三本レールのセットの当時の最先端のおもちゃで、中学に入るまで楽しみました。

コラム　手作りのオモチャ

特に意識していたわけではありませんが、創意と工夫で生活して来たように思います。もちろん決して豊かではない時代のせいもありますが、「買う」という発想の前にまず「創意・工夫」する、このことを当たり前のように思っていたのです。

子どもたちが小さかった頃は、オモチャは私が手作りし、洋服は妻が仕立て、おやつもすべて手作りでした。オモチャでも、着るものでも、食べるものでも、「出来合い」ではつまらない。どこにでもあるものではなく、どこにもないもの、自分の身の丈、価値観に合ったもので生活していきたいという思いがあったのでしょう。

ところが、子どもたちにしてみれば、それはあまりうれしいことではなかったらしく、桃子は母親の手作りの洋服をいつも着せられることを不服に思っていたようですし、亘は新しいオモチャを買ってもらえないので「こんな貧乏な家は嫌だ」と嘆いていたそうです。

ところがあるとき、京都のデパートで私は、ビロフィックスという木のオモチャを見つけました。それは、ネジなどを使って組み立てるオモチャで、当時としてはかなりの値段でしたが、これを買って帰りました。そして、そのままでは部品が少なく、面白くないと思ったので、その部品と同じものを厚手のビニール板で作り、もっと様々な遊び方ができるビロフィックスを亘に渡しました。

私は今でも、小さな子どもに「竹爺のプレゼント」を渡すとき、出来合いのものではなく、創意・工夫の材料、種になるものを渡します。そこから先、それをどう使うかは、その子ども次第です。

あれから何十年もの月日がたち、当時は手作りのオモチャや洋服に不満だった桃子や亘も、かつての私たちの生き方を理解し、本物を与えられていたんだと思ってくれているようです。そういう暮らしを貫いて来てよかったと思っています。

パン研究の原点になったカントリーブレッド

シドニーでのいちばんの思い出は、朝食で食べたパンです。それは、まんじゅう型の黒いカントリーブレッドでした。

朝、焼きたての香りがプンプンするまだあたたかいカントリーブレッドを、箱型の荷車に積んで売りに来ていたのですが、それを買い、毎朝、食べていました。本当においしかったですね。黒いカントリーブレッドと言っても、今の全粒粉のような色合いだったかもしれませんが、シドニーで食べた馥郁とした味わいのこのパンが、私のパン研究の原点になりました。

牛乳も、毎朝配達されるものを飲んでいて、それを取りに行くのが幼い私の仕事でした。カントリーブレッド、オートミール（ポリッジ）、牛乳。当時の朝食は、これが定番でしたが、昼食と夕食は、何を食べたのかまったく覚えていません。

私は今でも牛乳が大好きなのですが、日本に戻って来たときは、日本の牛乳は青臭くてとても飲めませんでした。当時住んでいた下落合の家の近くに山羊を飼っていた人があったので、その山羊乳をよく飲んでいたことを覚えています。あの頃の下落合は、まだ田舎でした。牛乳が飲めるようになったのは、中学に入ったとき、自由学園の近くにあった東京大学の農場で生産された牛乳を、朝、十時に飲む時間があったからです。当時、牛乳は一合瓶に入っていました。

シドニーで暮らしていた頃、母は日中ほとんど家にいなかったと書きましたが、それでも焼き菓子やフレンチトーストなどをおやつによく作ってくれて、それが大変おいしかったことを覚えています。母はこうしたおやつを、日本に帰って来てからも、よく作ってくれましたね。

船旅の思い出

七歳のとき、父がニューヨーク勤務を命じられたため、いったん、日本に戻ることになりました。

帰国の船旅は楽しかったですね。貨物船のため、マニラ、香港、上海などで荷の積み下ろしがあり、あちこちに停泊したので、十日以上かかったと思います。毎朝、ピンポンとシロホン（木琴）を鳴らしながら、ボーイが砂糖をまぶした甘い梅干しを持って来ました。

船の朝食はおいしく、毎朝出るオートミールの味は、今も懐かしく思い出されます。今食べているオートミールは、かすかにその香りを感じますが、野性味がなく、おいしいとは思いません。

船旅でも覚えているのは朝食のことだけで、ランチ、ディナーの記憶はありません。帰りの船旅のはじめての夜、オモチャの部品についた砂を落とそうと思ってハンカチにくるみ、船の甲板でポンポンと払ったとき、それが海に落ちてしまったことがあります。いっぱい穴の開いた鉄のバーみたいなものをいろいろに組み立てられるお気に入りのオモチャだったので、がっかりしました。これはイギリス製の"Mechanics Made Easy"で、今も販売されているようですが、こうしたオモチャで遊んだことによって、創意、工夫の面白さを知りました。このことが私のエンジニア人生につながり、今に至っているような気もします。

船の名前は記憶にありませんが、今調べてみると、その頃の豪州航路は安芸丸、三島丸、丹後丸が運航していたようなので、そのどれかだったんでしょう。ゴットンゴットンとスチームエンジンの響きがする楽しい船旅でした。

虚弱な子ども時代と父の死

一九二八年（昭和三年）三月、日本に戻ると、両親は私を祖母に預け、妹だけを連れて、渡米の準備のために名古屋に移りました。私を連れて行かなかったのは、私は生まれつき喘息があり、からだが弱かったからなのですが、竹下家の長男として日本で教育を受けさせたいという思いもあったのだと後に聞かされました。

このあたりの経緯については、叔母の本に詳しいので引用してみます。

「私が女子大付属高女を卒業する年、オーストラリア、シドニーより帰国した姉一家は、義兄がニューヨーク勤務となり、五月頃には渡米することになっていた。その為一時家族と共に名古屋に帰り、渡米の準備をしていた。私はちょうど女学校（五年制）を卒業するので上の進学をどうするか考え中だった。

姉夫婦の長男は喘息持ちで多少病弱であり、アメリカに行けば二、三年は戻らぬと言うことを考えると、今年は入学の年であり、四年生になって帰国すれば、勉強が中途半端となり、中学入試に苦労することになりかねない、との心配があった。

相談の結果、母が元気なので、母が長男を預かり、その代わりに私が妹のお守りがてらアメリカ見学のつもりで行ったらどうか、と言う話が持ち上がっていた。そして、ほぼその心づもりで準備が進められていた。

今の私の歳から思えば母は若かったが、元気だったとは言え、病弱な子供を預かること又、私を渡米させることなどなど不安がなかったとは言えない。しかし母は気丈で良かれと願う事には強い意志を持って事を進めていた」

こうして私は祖母に預けられることになったのですが、初めて会ったとき、日本語が全く喋れなかった私が、ペラペラと英語で挨拶したので、祖母はびっくりしたそうです。

祖母に預けられた私は、稲村ヶ崎の海岸まで五〇〇メートルほどのところにあった祖母の別荘から江ノ電に乗って、鎌倉駅近くにあった幼稚園に通いました。当時の江ノ電のホームは野ざらしで、電車も四輪の単車。運転手、車掌は客室扉の外の左右の乗車口の吹きっさらしの運転台におり、ブレーキも手まわしハンドルでした。単線だったので、待避所では、前面につけた行先標だけで後続車があるかないかを判断していました。それは、現在、犬山の明治村で走っているのと同じタイプの車両でした。

私は病弱であったため、祖母が預かるよりも、練馬にあった医院経営の病弱な子どものために特殊な教育をしている全寮制の花岡学院のほうがいいだろうということになり、そこに入ることになりました。このため、祖母と母は、花岡学院の先生のところに出向いたり、忙しい日々を過ごしていたようです。当時の練馬は芋畑の多い田舎。池袋から川越まで走る鉄道は、何輛かの客車をつないだ汽車ポッポののんきな走りだったことを覚えています。

花岡学院にいた一九二九年（昭和四年）二月の末、渡米準備のため単身で行っていたニューヨークから帰国した父が敗血症で突然亡くなったことを知らされ、私は、東大生の叔父に連れられて、一等の展望車に乗って名古屋に向かいました。告別式は名古屋の教会で執り行われました。

あまりに突然のことだったので、母は気を失ったそうですが、想像できないほどの喪失感だったのだと思います。「私ほど不幸な者はいない」と、父が亡くなって以来、身内の結婚式にも決して出席しませんでした。

私には父の思い出はほとんどありませんが、アメリカから母と妹を迎えに戻ってきた夜、稲村ヶ崎の祖母の別荘で一緒に鮪の茶漬けを食べたことを覚えています。ところが、私は鮪が嫌いだったので、何でこんなものがおいしいんだろう、と思っていました。

私の家系は、外国と縁があるようで、母方の祖父は、鉄道省の高官だったとき、視察で欧米を半年ほど外遊したそうです。母がハイカラ好きだったのは、そういう環境もあったんだと思います。

母は、まだ二十八歳の若さで未亡人となったのですが、父の会社の手厚い援助があったので、経済的に困ることはなく、定職にはつかず、ゴルフをしたり、平和運動を助けたりといった奉仕活動をしていました。そして、家のことはお手伝いのねえやがしてくれていました。母は、妹の由美子より私のことを可愛がってくれた記憶がありますし、高額なオモチャやチェロも惜しみなく買ってくれました。

また、相馬藩の家老の娘だった母方の祖母は、厳しい人でしたが、進取の気性に富んだ人でした。相馬の殿様のお宅が東京にあり、そこを訪ねるときは「相馬のお屋敷に行ってきます」と言っていたことを覚えています。今の若い人にとっては、時代劇か教科書の中の出来事のように思われるかもしれませんが、私が子どもの頃というのは、そういう時代でした。祖母はまた、熱心なクリスチャンでもあり、神田にあったキリスト教同信会の一員でもあったため、そこに私を連れて行ったり、家に先生を呼んで集会を開いたりしていました。また、食前には、祖母の感謝の祈りが必ずあったことを覚えています。

自由学園初等部の五年生の夏休み、信州の山奥のランプの温泉宿に一か月、避暑に行ったときは、毎朝、妹と二人、祖母の前に座って、上沢謙二が子ども向けに訳した『マルコの福音書』を読みました。この時の写真がアルバムに残っています。

この信州の山奥の宿で毎日食べた、険しい山道を馬の背に乗せて運ばれた、石窯で焼かれたと思われるパンも、荒々しい感じはありましたが、火の通った大変おいしいパンでした。いずれも、当時のマニトバ粉（カナダの小麦粉）と自家培養酵母のおいしさだったと思われます。その頃食べた、労研饅頭《ろうけんまんとう》というの名のリーンな蒸しパンも、忘れられないおいしさでした。


父の死後、母が新築した下落合文化村の家は、電柱も電線もないすっきりとした通りの一角にあり、木造二階建ての格天井《ごうてんじょう》の洋風の家でした。二センチくらいの厚い板で囲ったチョコレート色の外観で、マントルピースのレンガの暖炉がついていました。玄関も広く、ドアは外国式に内開きで、ダイヤモンドカットしたガラス入りだったことを覚えています。

私は、三方窓のついた八畳の京間を使っていました。

当時では珍しい電話もありました。ハンドルを回して交換を呼び出すスタイルで、家の番号は淀橋局の438《ヨミヤ》と三桁でした。また、洗面所にはガス瞬間湯沸し器がついていましたし、氷を入れて冷やすタイプの冷蔵庫もありました。

この下落合にいたときに食べたパンも、非常においしかった記憶があります。それはレンガ窯で早朝に焼かれたあたたかいパンでした。当時私は、パンの皮が大好きで、皮の部分を真っ先に切り離して食べていました。

文化村での私は、相変わらず、春、秋には、喘息で一週間ほど寝込みました。私の主治医は、鉄道病院の院長だった人でしたが、喘息の発作の治療には一切の薬を使わず、一週間かけて自然に治るまで、胸に熱い湿布を当てるだけの療法でした。

自由学園に転入

私は全く日本語を話せなかったので、一年遅れて目白にある公立の小学校に入学したのですが、気がついたときには、英語も、その発音も、全く残っていませんでした。

そのことを私の子どもたちに話すと、「いくら外国で生まれ育ったからと言っても、両親が日本人なのだから、日本語を話せてもいいはずなのに」と言うのですが、先に書いたように、両親は多忙で、子育てはオーストラリア人の乳母にまかせっきり、遊び相手も近所に住むオーストラリア人の子どもでしたからね。それに、両親は、子どもたちをバイリンガルに育てようといった発想自体を、そもそも持ち合わせていなかったのかもしれません。

一九二九年(昭和四年)、目白の実家にいた叔母が、羽仁《はに》もと子・吉一夫妻によって創立された自由学園の高等科に在学していたことから、開校して四年目の初等部二年生に転校し、一歳下の妹もまた自由学園に入学しました。

持病の喘息のため春と秋には必ず十日くらい欠席していたので、一般の公立校の環境では無理という母の考えもあったようです。ステロイド剤によって喘息の発作が起こらなくなったのは、近年になってからです。

その頃の自由学園はまだ四教室しかなく、校舎は雑木林の中。公立の学校とは全く違い、一貫したカリキュラムはなかったようでしたが、一流の人を学生たちに引き合わせるという羽仁両先生の方針のもと、普通では出会えないような先生たちに教わりました。有名な画家であった山本鼎《やまもとかなえ》先生や石井鶴三先生の直接の指導、また柳宗悦《やなぎむねよし》夫人による歌の授業、中等部ではパイプオルガンの権威だったエドワード・ガントレット先生の英語の授業など、自由学園らしい貴重な時間でした。また、国語の教科書も国定のものではなく、初等部では小学生向けの島崎藤村の短編文集、男子部では島崎藤村の『夜明け前』という実に難しいものでした。

また、もと子先生の授業で『マクベス』だったと思うのですが、シェイクスピアの劇を読んだことがあります。このときも、何故そんなことを言ったのか、どうしてそういう言い方をしたのか、など、シェイクスピアとその作品の精神的なところにまで光を当て、既成の概念を詰め込むのではなく、自分で考えることを学びました。

それだけではなく、自由学園では今でいう食育にも力を入れていたので、お昼の給食は、母親たちによる手作りで、配膳や後片付けは自分たちでしました。

男子部では、頭は丸刈り、学園では、開襟シャツとジャケット、半ズボンというスタイルが決まりでしたが、母が服装にはうるさい人だったので、みんなは短いソックスなのに、私は、手織りの紺色の上を折り込むデザインのハイソックスをはいて通学し、それを卒業まで通しました。一人だけ違う格好をしているのに、不思議と全く問題にはされませんでした。

同じクラスに、日本人初の救世軍司令官でもあった山室軍平の息子がおり、彼に誘われて集会やボーイスカウトにも参加しました。

さまざまなことに挑戦し、さまざまな体験をしながら、自由学園では、自由に、のびのびと、本当に楽しい学園生活を送ることが出来ました。

自由学園男子部へ

中学に進むとき、新しく七年制の男子部が創設され、その一回生として二十四名が入学しました。男子部は文部省の認可を受けないため、小学校卒業としか認められないのが問題でしたが、それでも、入学者の父兄は、羽仁先生のもとで学ばせたいという熱心な願いを持っていたのです。余談ですが、父親がいないのは私だけでした。

はじめての入学式は、ニワトリ小舎と言われたまだ新しい教室の窓をはずして廊下まで広げ、いっぱいの人が集った中で始まりました。正面に据えられた直径・長さ共に一メートル余りの大きな白木の桶太鼓の「たてよいざたて」の讃美歌のリズムに合わせた、心を揺さぶる打音で入場。私たちは一人ずつ、ＴＴＦ（Thought Technique Faith「思想」「技術」「信仰」）の徽章のついたキャップと、ＴＴＦと刻まれた手作りの重いバックルと太い革のバンドを受け取り、心身共に使命感に満たされたことを覚えています。

男子部では、毎朝、『新旧約聖書』と『讃美歌』を持っての四十分間の礼拝の時間があり、毎週、女子部と交替での羽仁吉一・もと子先生による聖書を中心とした話がありました。私たち一期生にとって、両先生のお話の時間は大変厳しく、心に迫るひとときでした。

礼拝が終わったある日、私は思わず立ち上がり、みんなに迷惑をかけて来て、申し訳なかったと謝罪したことがありました。ひねくれて暴れたことがあり、このことを申し訳ないという思いがずっと私の心にあったんだと思います。謝りたいという、いても立ってもいられない思いに駆られての、前代未聞の行動でした。礼拝の終わりにはその日の各学年の当番が日頃思っていることを話すのですが、その最中に私が飛び込んでしまったわけです。自分で自分の行動をどうしようもないと思い、それがたまりかねていたんでしょうね。

さて、男子部の勉強は、カリキュラムもなく、何もかもが手探りの状態だったので、興味深い体験をたくさんしました。

授業の時間、羽仁もと子先生が、坪内逍遥訳のシェイクスピアの戯曲を時間をかけて読み込み、永遠の少年を目指す心についての話をしてくださったこと、また、羽仁吉一先生が、橋本左内の『啓発録』や内村鑑三の『後世への最大遺物』などについて、熱のこもった講解をしてくださったことも忘れられません。

一回生の秋、はじめての学業報告会があり、メーテルリンクの『青い鳥』第一幕のはじめの部分の英語劇の暗唱と、シンプルな日時計の製作発表をしました。

日時計製作の発表に先立ち、ほんものをと、私ともう一人の生徒が、京都大学の山本一《やまもといっ》清《せい》教授の元に派遣され、京都市内の数か所のビルの壁面に取り付けられている日時計を見て歩いたことがあります。その極めつきとして、琵琶湖畔のあるお屋敷の庭にあるスイス製の日時計を見ることが出来たのですが、この日時計は、十分単位で計れるいくつかのバーニア（副尺）を持った精巧な直径二〇センチ位の地球儀のような形をしていて、その精密さに驚き、感動したことを覚えています。京都の島津製作所に、「ネグレクティブ・ザンブラー」というその復元モデルがあります。また天文台にも案内してもらいました。

その後も、自由学園では古い自転車の分解、組み立て、塗装メッキや台所で出る廃油を使っての石鹼作り、豚を育ててのハム、ソーセージ作り、石垣いちご栽培、工作時間に、ある父兄の寄付で造られた小規模の本格的な発電所の電気で旋盤やバンドソー（工作機械）を使って自分用の机（雲水机と言っていました）製作の製材など、学業そっちのけの行事が数々あり、ものを作る楽しさを知りました。また、一定の期間、一つのテーマに集中して取り組む張出し勉強など、幅広い貴重な体験をしました。

そういえば、男子部一年のときに、こんなこともありました。

夏休み、母が、親しくしていた富山出身の大学生と私のために、東北・北海道の二週間の周遊券を買ってくれました。このとき、二人で各地を旅したことは、大変楽しい思い出になりました。そして、帰ってから、信州の池の平で開かれたはじめての修養会で、この旅行の報告をしたのですが、私の報告がまずかったのか、それを聞かれた羽仁先生から「無意味な旅行であった」と言われて、大泣きしたことがありました。

その修養会は何日か泊まり込みで行われ、自由学園の科学教育に大きな影響を与えた和田八重造先生の生物学の勉強があったことを覚えています。

また、学園内の機械が壊れたり、井戸のポンプが止まったりすると、竹下君に言えば何とかなる、と先生からも思われていて、修理係のような役目を担ったりもしていました。

私は結局、数学も英語も、ものになりませんでしたが、自由学園での体験が大きな財産になりました。

開戦により、繰り上げ卒業

一九四一年（昭和一六年）一二月八日の真珠湾攻撃によって第二次世界大戦に突入した国の方針により、自由学園の卒業式は繰り上げとなり、その年の一二月二八日に行われました。

年長だった私ともう一人の同級生は、徴兵検査で共に甲種合格となり、翌年の一月五日、先陣を切って入営しました。私は麻布三連隊に、彼は宇都宮に入営することになりました。入営の朝、羽仁先生ほか十人ばかりが目白駅に集まり、見送ってくれました。日の丸の小旗を持って、万歳を叫んでの見送りが当たり前でしたが、私たちの場合はそういったことはなく、静かな見送りでした。

麻布の兵舎内に入り、一夜明けると、暖房もなく寒い中、喘息発作が起こり、即日帰郷となり、一人の兵士が付き添って下落合の家に帰されました。小隊長は、若い学卒上がりの将校で、とても優しかったことを覚えています。

帰された数日後、母に連れられて自由学園に行ったのですが、母は「今後のことはお任せします」と羽仁先生に伝えました。そして、次の召集まで学校の授業の助手として勤めることになって寮に入り、一年生の授業を手伝うことになりました。

私は数学を教えることになったのですが、普通の授業では面白くないと思い、学生たちに測量を体験させました。こうすることで、数字というものを身近に感じてもらいたい、と思ったからです。

翌年の元旦早々、再び召集され、市川の野戦重砲兵の部隊に入営しましたが、ここでもまた喘息の発作が起こり、その日のうちに帰され、恥ずかしい思いをしました。

その翌年の三月に再び召集され、横須賀海兵団に入りました。サイパン陥落で、戦時色が濃厚な時で、東京も広く焼野原になっていました。この海兵団では、夜、軍艦を模して設置したハンモックで寝ましたが、それを吊り下げた時のものすごいほこりが原因で、ここでもまた喘息の発作が起こりました。翌日の診察は、若いかけだしの医官。こちらも意を決して誇大に症状を説明したところ、簡単にまた即日帰郷となりました。陸軍はまだ大人しかった印象がありますが、海兵団の雰囲気は怖ろしいもので、とてもこんなところにはいられないと思っていたので、せいせいした気分でした。しかし、嬉しいことはなく、気が抜けたようになってしまいました。

宇都宮に入営した同級生は、その後、中国の戦場に送られましたが、模範兵として無事に勤め上げています。現在、同級生で残っているのは、その彼と二人だけになりました。一回生二十四人中、戦死者が四人。フィリピン、沖縄、ビルマと、最も激しかった戦場での戦死でした。この四人は、一回生の中でも特に将来を期待されており、かけがえのない仲間でもあったので、もし彼らが戦死していなかったら、その後の私の生活も変わっただろうと、今思い出しても口惜しい思いがします。

同級生で日本画の大家の一人息子は、戦いには出たくないと黙って退学して自動車学校に入り、その技術を身につけたおかげで、命拾いしたことを知り、羽仁両先生にもし男の子がいたら、生徒たちに何か技術を身につけさせて軍隊に送り出したのではないかと思いました。そうすれば、戦闘に加わることのない道があったのではないかと思ったのです。

戦争によって多くの人の人生が変わりました。

母は、友人の紹介で、奥さんを亡くし、子どももいなかったかなり年上の会社役員と再婚していましたが疎開が原因で離婚。父の死後、母が新築した下落合の家は、一九四四年（昭和一九年）春の大空襲で焼失、借地だったので何も残りませんでした。

妻の兄は、丙種であったのに、早々に兵隊にとられ、南方で戦死しています。今、生きていたら、目指していた音楽家として大きな働きをしていたはずと惜しんでいます。

私は、卒業後、そのまま学園に残って助手をしていましたが、新しく始まった那須の農場で働いていた一回生四人、二回生三人が次々に召集されたので、残った私が四代目主任として赴任することになり、以後、九年間、那須の農場で生活しました。「争友協力」「勤労黙行」「生活自律」というのが、初代の主任が掲げた農場のモットーでした。戦時中は、五回生の半分にあたる十名が学徒動員で農場での作業を割り当てられ、一緒に農作業に当たりました。重労働でしたが、みなよく働きました。農業は彼らのほうが私より詳しかったので、毎日の作業は全面的に任せて、私はその指示に従って一緒に働きました。後年になって、あの時は楽しかったという皆の話を聞き、余計な口出しをしなくてよかったと思いました。

自由学園那須農場のこと

自由学園那須農場は、大雨でしか水が流れない蛇尾川《さびかわ》沿いの伏流水の川岸にあり、そのほとんどが石ころだらけのヤセ地。当時、東京大学の稲の権威であった教授や実情を知らない識者が、その景色のよさに魅せられたことでお墨付きをもらい、羽仁先生が一九四一年に購入したものでした。

七〇町歩ある雑木林の落葉は、堆肥を作るには豊かでしたが、地面が肥えているのは、川の氾濫で冠水した僅かな土地だけでした。思うに、そんなヤセ地での農業生産は間違っていたと思います。

戦争が始まるときでもあり、当初は家も電気も水もないところで、卒業後すぐ入植した同級生五人は、病気や入院で、半年しか続きませんでした。次のクラスの二回生もみな入営し、とうとう誰もいなくなって、私があとを見るようにと命じられ、赴任しました。

いよいよ戦況があやしくなり、鉄道が動かなくなったときのために、自転車で東京まで走ってみようと思い、実行したことがありました。私の自転車には、イギリスBSA製（今もあります）の内装式三段変速がついていました。行きの国道はじゃり道でしたが、宇都宮からは舗装道でした。那須農場を朝早く出て休まず走り、自由学園に着いたのは、夜八時頃でした。

翌日は昼前に出て、途中、古河、小山の学園関係者の家を訪ねて宇都宮に着きましたが、すでに夜になっていたので、学園関係者の大きな家に泊めてもらいました。宇都宮からはゆるいじゃり道の登り坂で大変でしたが、往路復路とも雨にも合わず、無事で何よりでした。往復約三〇〇キロメートル、既にへたっているタイヤだったのに、よくもパンクしなかったものだと思います。このことは、ほとんど知られていない私の冒険でした。

戦後になって、学徒動員されていた仲間も復員して来たので、乳牛、豚などを購入して飼育をはじめ、大豆を栽培し搾油をしたり、また、農業の機械化など、さまざまなことをしました。

やがて乳牛も八頭に増え、その牛乳でバターを作って本校に送ったり、入手が難しかった中古の業務用冷蔵庫を東京から買い入れたり、本校にあったプロが使うような旋盤や溶接機を備えたりもしました。また、スレッシャーという収穫した根付きの大豆束を豆と分離する大型の機械を作ったり、福島の試験場まで行き、電熱線を張って温める電熱温床を教えてもらい、それを使って甘藷（サツマイモ）の苗を育てて植え付けたりもしました。

今思い返してみると、戦後、復員してきた仲間との農場生活は楽しいものでした。農場員はみな仲良く、いろいろなことに挑戦しました。

たまに世話になる獣医は、イタリー製のバイクで走って来ました。その頃は、そんなバイクに乗っている人はいませんでしたから、鮮明に覚えています。後年、辻堂に住むようになってから免許を取り、バイクに乗るようになったのですが、私が手に入れたのは中古のバイクで、その獣医さんのようなカッコいいものではありませんでした。

そういえば、こんなこともありました。戦後しばらくして、東京で三日間講習を受ければ教員免許がもらえることがあり、仲間の何人かが参加して免状をもらっていましたが、そんなもの要らないと、わたしはあえて行きませんでした。そんな学力もないのに、かたちばかりの資格をもらっても役に立たないと、馬鹿正直に考えたからでした。

また、小麦がたくさん採れるようになったので業務用の製粉機を買い入れ、それで粉を挽き、仲間の一人が作ったブリキ製の電熱オーヴンで、町のパン屋に教えてもらった麦皮入りの馬糞パンと称する酸味のあるパンを焼き、毎日一度は食べていました。

バターを作った残りの脱脂乳が食卓に乗ることもありました。チーズはそれを作るだけの材料のゆとりがなく、脱脂乳で作るカッテージチーズのみでした。

仲間の一人は、大きな炭焼き窯を粘土で作り、炭も焼いていました。

農場で最もおいしかったのは、みずみずしい幸水という梨でした。仲間の一人が育てた十本くらいの木があったのです。

この頃、農場では、それぞれが工夫して、働いていました。そんな中で、私にとって最大のことは、半年に及ぶ文通の末に妻を得たことでした。

農場には、男子生徒だけではなく女子生徒、卒業生もたくさん手伝いに来ていました。そんな中で、私は三人の女性に手紙で求婚しましたが、みな断られてしまいました。羽仁先生からこの人はどうかと言われたら断れないと思ったので、自分で相手を見つけようと思っての行動でしたが、自由学園の女子たちは都会育ちで、農業の手伝いをしていても、農場での生活は考えられなかったのでしょう。

私が妻となる人のことを知ったのは、五クラス下の山形県出身の山上君の話からでした。その当時、彼女は山形県最上で弟の酪農を手伝っていたのですが、どういうわけかカイロプラクティックの治療師に見込まれて、弟子のようなこともしていたようなのです。その治療で山上君の母親を訪ねたのですが、その際、母親のカイロプラクティックの治療に付き添った彼は、彼女を見て、こんなに聡明で美しい女性が山形にいるなんて！　と驚き、密かに憧れたようなのです。そして、那須農場に戻ってから、男子部の学生たちにそのことを風聴したのです。私は教師という立場だったので、彼らとその話題を共有したわけではなかったのですが、偶然耳にした彼女の話に興味を持ちました。

ちょうどその少し前に、山形の基督教独立学園の鈴木《すずき》弼美《すけよし》校長の娘さんがインターンシップで那須農場に来ていたので、その娘さんを紹介しようと開拓地の彼女に直接手紙を書いたのが、文通の始まりでした。

私たちは手紙を通して半年間ほど、人生の考え方についてのやり取りをし、互いの気持ちを深めて行きました。手紙の話題は、キルケゴールの本のこと、思想のこと、信仰のことなど、まじめなものばかりでした。今となっては、具体的にどんな内容のやり取りだったのか、こまかいことは忘れてしまいましたが、桃子は、「あの当時の若者たちの多くは、キルケゴールを読んでいたんだと思う。そして、母もキルケゴールの思想に傾倒していて、そのことを手紙に書いていたんじゃないか」と言います。私は那須の農場で暮らしていて、本は簡単には手に入らなかったのですが、町の本屋で、キルケゴールの本を探して、読むようになりました。

私自身は、子どもの頃から宮沢賢治の世界が好きで、よく読んでいました。中でも、「グスコーブドリの伝記」は好きな世界でした。宮沢賢治は、農業に対して、科学的、合理的な考えを持ち込んでいたように思い、シンパシーを感じていました。

文通を始めて半年後、思い切ってこの人に一度会ってみようと、山形県最上の山奥にある開拓地を訪ねることにし、夜行列車に乗りました。朝鮮戦争が始まる直前の一九五〇年（昭和二五年）五月のことでした。

この人と結婚しよう

実を言うと、手紙のやり取りを通して、この人と結婚しよう、と一方的に決意して会いに行きました。この人なら、農業の経験もあるし、自由学園の卒業生ではなくても、農場のためになるという思いもあったのです。誰にも相談しませんでした。しかし、文通を通して彼女の人となりはわかっていたものの、どんな経歴かなど、彼女について具体的なことは何も知りませんでしたから、いちばん心配だったのは彼女の年齢でした。もし、とてつもなく年が離れていたらどうしようと、実のところ不安でした。

六十八年前、まだ汽車ポッポの時代、夜行列車で奥羽山脈を越えて山形県の開拓地に向かった朝、羽前向町《うぜんむかいまち》（当時）の駅に出迎えていたその人に会ったときのことは、今も忘れられません。駅と言っても、ホームには屋根もないような山の中の小さな駅でした。朝の九時か十時頃だったと思いますが、駅に降り立ち、そこに待っていた人を見たとき、すぐに彼女だとわかりました。手紙の文面から想像していた通りの女性でした。

彼女のほうはというと、わざわざ会いに来るのに、格段おしゃれもせず、戦時中の格好そのものの私の姿に驚いたそうです。

実際、私はおしゃれに構わず、いつも汚い恰好をしていました。自由学園の学生だったとき、一人だけハイソックスをはいて通学していたことは先に書きましたが、当時の私は、それとは逆にわざと汚い、だらしない恰好をしていたのです。もちろん無精故そうなったのですが、きちんと隙のない恰好というのが嫌で、心の中で、人と違ったことがいい、という思いがあったのも事実です。

ところがあるとき、羽仁吉一先生が、私の服装がキザだと言われたことを耳にしました。誰かが私のだらしない服装のことを報告したのかと憤慨もしてみたのですが、事実だからしょうがないと納得しました。

後日、甘藷を植えながら、キザとはどういうことだろうかと、考えるともなく考えていました。そして、やっぱり羽仁先生の言われる通り、私はキザなのだと思いました。人と違ったことをしたいということ、わざわざだらしなくしたり、妙に変わったのがよいと思ったりしているところにキザのキザたる所以がある、そんなことを思いました。そして、服装以外にもそんなことはないかと考えてみたところ、たくさんあることに気づき、反省したことがあります。

ちょっと横道に反れました。私と妻との出会いについて私の子どもたちは（妻が話したのか、義弟が話したのかわからないんですが）私の記憶とは違うストーリーを覚えているようでした。

子どもたちが言うには、羽前向町の駅から妻がいた開拓地までは歩いて一時間ほどかかるのですが、私が訪ねて行った日、妻と妻の弟が駅に向かって歩いていたら、搾乳用のバケツをぶら下げてこちらに向かってくる男性がいて、その人が私だとわかり、義弟はそのまま町に出かけ、妻は、バケツをぶら下げた私とそのまま前森の開拓地に向かいながら話したというのです。

もう何十年も前のことですから、記憶違いもあるでしょうから、それはまぁどちらでもいいのですが、妻と実際に会ったことで、私の人生は大きく動き始めました。

これまでは手紙を通しての文面でのやり取りだけでしたが、実際に会い、誰もいない山の中で私たちはさまざまな話をし、彼女が私より数か月年下だということもわかりました。

その中で、かつて妻は意に沿わない結婚をし、すぐに離婚したことも聞きましたが、私は全く驚きませんでしたし、かえって親しみを持ちました。

彼女は、戦死した兄と弟一人、妹四人の七人兄弟の長女でしたが、彼女の兄と妹二人は玉川学園を卒業し、一家は創立者の小原國芳《おばらくによし》先生とは特別に親しかったようです。また、彼女は仙台の尚絅《しょうけい》高等女学校の保育科を卒業。幼稚園の公的認定を受けるための実技試験で高い評価を得たそうですが、その道には進まず、弟が始めた開拓地を一人で守っていました。

彼女の父親は、開拓を新たな理想生活として、事業をなげうって山形県最上郡前森の土地を買い、家族で開拓に乗り出していました。弟は、父親の購入した山形県の開拓地での仕事を始めたのですが、開拓に行き詰まり、東京の叔父が経営する鋼材会社に就職して開拓地を離れていたので、彼女はそこを一人で守っていたのです。

そして、弟を助けるために酪農修行をしようと決心し、母親が若いときから導きを受けていた札幌教会の牧師を頼って単身北海道に渡り、教会に住み込んで、牧師館で働き始めたのです。そして、その志を認めた牧師の世話で、恵庭《えにわ》の斎藤牧場で一年間、働くことになり、酪農経験はなかったのにもかかわらず、乳牛の世話から馬車での牛乳の運搬、馬を使っての畑の耕起まで、働きながら牧場の主である斎藤未亡人（彼女は音楽家・斎藤秀雄の戦死した弟の奥さんで、大変厳しい人だったそうです）を助け、身を粉にして働いたそうです。

初めて会った日、こうしてお互いのことをいろいろ話し、互いによくわかり合った上で、私たちは結婚することになり、一九五一年（昭和二六年）一二月、山形市の彼女の実家で平服での式を挙げました。仲人は、大変お世話になっていた小さなクリーニング店の店主でもある教会の長老にお願いし、そこの牧師の司式で、身内だけで執り行いました。

最近になって、妻のことを那須農場で吹聴していた山上君に、「竹下君の素質をちゃんと見た信子さんはさすがと思う」と言われましたが、私のすべてを受け入れ、認めてくれた彼女と出会い、結婚したことは、私にとって大きな幸福だったと思います。

那須農場で、はじめての妻帯生活

私たちは、自由学園の農場の中に小さな家を建ててもらって、そこで生活を始めたのですが、妻はその環境に驚いたようでした。彼女は、自立心と開拓精神に富んだ女性でしたが、結婚後、はじめて農場に来たときは、中学を出たばかりの若者が二十人、自由学園の一回生から六回生までの六人の男所帯。電気はありましたが、ラジオもなく、まわりはほとんど原野で、駅のある町まで約四キロ、しかも移動は自転車か徒歩、または馬車、といった環境でしたから、驚くのも無理もありません。

結婚後、体調を崩し、一か月ほど寝込んだりもしましたが、その中に入って無給で働き、農業研修者の炊事をすべて受け持ってくれただけではなく、さまざまなことでよく尽くしてくれました。当初は、自由学園出身者ではないこともあってか、仲間に入れてもらえないこともありましたが、塾生たちからも頼られ、信頼されていました。

当時、那須農場では、農業人を育てるのに二年の農業塾を立ち上げて、塾生たちが宿舎に寝泊まりしていました。ところが、毎日の作業に追われて、雨の日くらいしか勉強ができませんでした。実態は、実学と称し、座学では役に立たないということをよしとして、ただ言われた通りに作業するだけで、農業について自ら考え、学ぶ時間はなかったのです。

そんな状況を見かねた私が、まだ中学生くらいの少年を、その成果を見せることもなく働かせるのは塾とは言えない。それに、それまでの農場の収支を見ると、赤字でおかしい。もちろん、学ぶところなのだから、赤字は仕方がないにしても、目標も示さず、ただ働くのでは意味がない。教育農場として収支を考えない経営は、羽仁先生の方針ではない、と言い出したことが、仲間内で論争になりました。収支の合った農業でなければ教育にならないのに、農業塾生や東京からくる学生のボランティアの力をもらっても収支が合わないことも、何の計画も目標もなく、ただ働くことをよしとすることも、おかしいと私は考えていたのです。私の言い方もよくなかったと思いますが、このことが日々の運営を進める当時の主任にとっては面白くなく、面子を潰されたと猛反発を受け、他の七名の農場員も巻き込んでの論争になってしまったのです。

その時、農場員たちは、大磯に隠退されていた羽仁両先生のところに、「竹下をやめさせたい」と訴えに行くことになったのですが、私一人だけ行きませんでした。覚悟をしていたこともありますが、なぜ竹下を連れて来なかったのか、と羽仁両先生がみんなを追い帰すことを期待していたのです。ところが、みんながそう言うのなら仕方がない、ということになりました。そして、先生の了承を得たからと言われ、わずかな退職金と共に農場を出ることになりました。農場では私が一番の年長者でしたが、強引ともいえるキャラクターの持ち主である後輩たちの前では無力でした。この論争においては、農場のモットーである「争友協力」とはなりませんでした。

私は初等部二年で自由学園に入学して以来、自由学園と共に育ち、卒業後は九年間、自由学園の那須農場で働きました。思えば二十二年の長きにわたって学園に在籍した、ある意味、忠実な一人の生徒に、何の弁明の機会も与えなかったことを理不尽に思いましたが、いい時代をこの学園で過ごせたのは事実です。そして今となっては、いつまでも自由学園の世界にとどまらなかったのは幸いだったと思っています。

岩手の開拓地へ

那須農場を去った私は、三十歳にして社会の荒波に放り出されてしまいましたが、妻は、そんな私にも、状況にも、泣き言や愚痴はいっさい言わず、付いて来てくれました。

さて、那須農場を出たものの、今さら都会に出ることは考えられず、退職金で手に入れた乳牛一頭を連れ、鉄道の貨車に乗って、妻の弟がいる山形の開拓農場へ向かいました。

そこであちこち入植地を探し、やっと岩手山麓の開拓地を見つけて入りました。一九五二年（昭和二七年）のことです。見つけたところは、小岩井農場の奥の岩手山の台地にあった御料林の切り株ばかりの開拓地で、満州から戻って来た五家族が暮らしていました。その当時の農場は、まだランプ生活でした。私たちは、既に東京で開拓地行政についていた、その団長の土地を譲り受けることになり、無人だった丸太作りの家に住み、乳牛一頭と農耕馬一頭で営農を始めました。電気もなく、まだ手つかずの御料林の切り株ばかりが残った畑を人力で耕作しました。

農場や日常生活に必要なものは、馬車で山を下り、八キロの道を盛岡市内まで月に一度、買い出しに行きました。真っ暗な中、登りの山道で馬の尻をたたきながら、大変な思いをして帰ったこともありました。

思えば、彼女と結婚しなければ、こうした開拓生活を選ばなかったかもしれません。宮沢賢治の影響を受けて、農業には多少の興味はあったものの、自ら開拓生活を選ぶほどの情熱を農業に対して持っていたかというと、そこは疑問です。やはり、妻の影響と導きがあったといえるでしょう。

私が開拓をしようと言い出したとき、まっ先に同意してくれたのは妻でした。そして、どんな協力も惜しまずにやってくれました。妻は表に立とうとするような人間ではなかったので、縁の下の力持ちのような役割を担い、決して愚痴をこぼすことなく、さまざまな苦労もいとわずやってくれました。みんなに「奥さんがいたからやれたんだよ」と言われますが、その通りだと思います。

父親を早くに亡くし、そういう意味では親の愛にはあまり恵まれなかった私がやっと見つけたかけがえのない家族、それが妻でした。

妻は家族からノンちゃんと呼ばれていたので、私もそう呼んでいましたが、妻は私のことを何故かトムと呼んでいました。キングスレーの『水の子達』の主人公、煙突掃除人のトムにあやかっての呼び名のようです。ヨーロッパでは古くから、煙突掃除人は幸福をもたらすという言い伝えがあり、その思いを私に託していたのかもしれません。

十数年前、家族旅行で、この思い出ある岩手の開拓地を訪れました。そのとき村の人々から、当時は食べたこともないクッキーの作り方や洋裁を妻から教えてもらい、そのことがどれほど自分たちの貧しい開拓生活を支えてくれたことかと、とても感謝されました。私たちも貧しい開拓者だったのですが、妻のそうした足跡を改めて知り、胸が熱くなりました。そんな妻のために私ができたことと言えば、お菓子を焼く機械を改良したり、直したり、といったことでした。

その頃は、馬を使っての道路作りの仕事が唯一の収入源という心もとない生活でしたが、当時、親しくしていたオーストラリア大使館の大使の夫人付のハウスキーパーとして働いていた母が当座の生活費を送ってくれていたので、乳牛一頭と馬一頭を飼育しながら何とか生活し、農地を広げることができました。

そんなある日、馬車が木の株に乗り上げて、私は真っ逆さまに地面に落ち、頭を打ち付けるという事件が起こりました。幸いなことに、土の上だったので事なきを得ましたが、場所によっては命がなかったと思います。農学塾生であった青森の青年は、トラクターがひっくり返って亡くなっていました。

この岩手山麓での開拓時代、盛岡市内の産院で長女が生まれました。当時は男性が出産に立ち会うなんてことは珍しかったと思いますが、私は何の疑問もなく、出産に立ち会いました。そして、愛読していた本の著者であり、当時、妻の呼び名と同じ名前の、石井桃子さんの『ノンちゃん雲に乗る』が人気だったことから、妻が桃子と名付けました。

サラリーマン生活がスタート

私たちは若い少年を一人雇っていましたが、それでも開拓生活は大変で、それを見かねた母のはからいで、妹の主人が経営する株式会社日本ヴィクトリック（本社は東京）に入社することになり、親子三人で東京に向かいました。一九五四年のことです。桃子はまだ乳飲み子でしたから、列車の中では乗り合わせたおばあさんたちがみんなであやしてくれ、面倒をみてくれました。思えば、いい時代でした。

東京ではしばらく妹の家に厄介になり、半年後、大阪工場の責任者として十名ばかりの工場の工場長として赴任しました。社宅と工場が同じ敷地にあったので、通勤することもなく、工場責任者として十数人の工員の管理を任せられました。

会社では大小の鋼管をつなぐ金具を作っていましたが、朝鮮戦争の特需で大変業績を上げた直後で、土木、石炭、鉱山、造船などの会社によく売れていました。作業は極めて簡素な鋳物の仕上げ、組み立てで、大変のんびりしたものでした。

大阪に移ってはじめての日曜日、工場から近い肥後橋の大阪北教会に入り、その一年後に洗礼を受けました。

こうして大阪での生活がスタートしたのですが、途中、妹の主人の会社は社長が変わり、私は事務職になりました。

そんなある日、ひょんなことから、電車で五駅先の個人経営の古い電気冷蔵庫の修理・

再生をしている人を知り、定時に仕事を終えてからそこへ通って終電まで冷蔵庫の修理のことなどを勉強し、まだ家電のない時代、冷蔵庫を入手しました。

大阪に赴任してから二年後、私も東京本社（と言っても丸の内では最も小さい会社の営業三人の部署です）に転任し、教会で親しくなった人が千葉の柏に新築した家を借りて数か月住み、その後、妻が札幌で世話になった牧師の好意で、阿佐ヶ谷の旧牧師館の幼児生活団を手伝うという条件で、牧師館に移りました。長男はその時に生まれ、妻が私淑する牧師の名前から亘と名付けました。この時は出産に立ち会うことが出来ませんでしたが、私は二人の子どもの父親になっていました。

私は炭鉱、造船、鉱山などの会社の本社に日参、商品の売り込みに走り回り、夜は接待で、遅くまで課長クラスの相手をする日々が続きました。しかし、営業にはノルマはなく、接待と言っても、得意先の遊び相手のような役割り。何とも気楽な毎日でしたが、私は酒もビールも飲めず、場をつなぐのに大変苦労しました。今もアルコール類は一切飲めないのですが、もし飲めたら、もう少し楽しい人生を送ることが出来たのかな、と思うことがあります。

とにかく、こうして本社で働いているとき、友人の世話で藤沢市の辻堂に土地を借り、休日ごとに通って大工仕事をし、大工さんと共同で、窓の大きなワンルームのプレハブの家を建て、そこに移りました。トイレは水洗でしたが、当時はまだ珍しかったので、水洗ではない学校のトイレに、子どもたちは戸惑ったようでした。

あの頃は、毎日、東海道線で辻堂から東京駅前の丸の内のオフィスまで、一時間かけて通勤していました。

先に書いたように、営業といってもノルマはなく、極めてのんきなものだったので、営業先での昼休み、無人になった造船所の船体の中に入ったり、火力発電の心臓部であるボイラーを見たり、鉱山や海の中にある深い切羽（坑道の作業現場）に行ったり。また、命を落としても構いません、というような証文を書いて炭鉱の奥に入ったり、長崎にある軍艦島に行ったりと、面白い経験をしました。

それからしばらくした一九六三年（昭和三八年）、京都進々堂の専務であり、農場の初代主任でもあった初等部からの同級生の続木満那氏から、エンジニアとして来て欲しいという誘いがあり、辻堂の家を売り払って、京都に移ることに決めました。

実のところ、家を持ったものの、東京での生活が嫌になっていたことや、もともともの作りに興味があったので、この誘いをこれ幸いとばかり、妻にも相談せず、京都に移ろうと一人で決めたのです。

思えば私は、誰にも相談せず、いろいろなことを一人で決めて生きて来ましたが、これは母方の遠藤家の血かな、と思うことがあります。戦争中、私の叔母の正子が七歳の娘に向かって、「空襲があったら、私など頼らずに、一人で逃げなさい」と言ったというエピソードがあるのですが、こういう血が私の中にも流れているのかもしれません。ありがたいことに、この時もまた妻は、何も言わず、黙って私の決断を受け入れてくれました。

第3章　京都へ。そして、おいしいパンの秘密を発見

進々堂に入社

一九六三年四月、進々堂に入社が決まり、京都に移るまでの間に、数社の製パン機械の工場に研修に行くことになりました。本当は製パン学校に入るはずだったのですが、時期が合わなかったため、パンの機械についての知識を得ておくように、ということで、毎日、工場に通い、パン製造に関する勉強をしたのです。どの会社も、進々堂の得意先だったので、親切に面倒を見てくれました。おかげで、技術的な勉強が出来ました。

当時の進々堂は業績も好調で、全国でも十指に入る規模のパンメーカーでした。

私は当初、プレハブの小さな小屋を借りて住み、設備担当として、朝早くから夜遅くまで働き、故障が起こると、夜中でも機械の調整や修理をしました。伏見に新工場が出来てからは、そこまでの三〇キロの道のりを毎日バイクで通いました。

その後、専務の奥さんの世話で、修学院にワンルームの木造の家を建てることが出来ました。シンプルな造りの家ですが、ある雑誌からヒントを得て細部にこだわりのあるデザインを考え、宮大工に建ててもらいました。後になって知ったのですが、宮大工にとってもこのような仕事は初めてで、ずいぶん戸惑ったのだそうです。押入れなし、畳の部屋なし、玄関なしの全くオープンで合理的な家の間取りで、私としては自分の好みが反映されたその家が気に入っていましたが、一風変わったデザインだったので、子どもたちは普通の家に憧れたそうです。今は塀があるので外からは見えませんが、建てた当時は家の中が丸見えでした。

現在では周囲にはたくさんの家が立ち並んでいますが、その頃は、まだのどかな景色が広がっていました。叡山電鉄はすでに走っていましたが、駅からの道は泥んこ道、バスも走っていましたが、銀閣寺のあたりからは砂利道になり、修学院を越えると、その先は一面畑でした。また、一九六七年（昭和四二年）に建てられた現在の関西セミナーハウスは、野田さんという私も大変お世話になった教会の長老の方の大きなお屋敷でした。

あの頃の修学院には、山田牧場という乳牛が三十頭いる牧場がありました。どうしてもしぼりたての牛乳が飲みたかった私は、牧場主と交渉して、数日に一度、一升瓶二本分の牛乳を分けてもらうことになったのですが、その牛乳を取りに行くのは子どもたちの仕事で、牛乳が好きではなかった桃子は、牛乳の匂いがする手提げ袋を持ち帰ることが苦痛だったようです。

こうして、京都の生活に慣れて行ったのですが、進々堂に入社した一年後、分社化によって製パン部門は切り離され、私はその子会社に移ることになりました。

私は、工場の生産を機械化するため、自動温度調節で所定量の水を仕込む装置、包装機の改良、イーストの代わりの酵母種を作るステンレスのタンクを考案するなど、さまざまなことに取り組みましたが、工場の規模に対して新しいことをやり過ぎたことが会社の方針に合わなかったのか、結局、会社を解雇されてしまいました。入社してから四年半がたった頃のことです。

進々堂での勤務は短いものでしたが、パン作りの現場で働いたことは、その後の私にとっての大きな転機にもなったと思います。

私は、妻が私に捧げてくれた言葉を今もリビングの壁に貼り、パン作りの指針にしています。

人類の生命の糧なるパンを作るもの。
使命が崇高であり、
その任務は重大である。

如何にしてパンを作るかでなく、
誰がパンを作るかである。
よきパンを作るには
よき人をつくると同じ
叡智と良心と信仰が
働くよきパン
それを誰が作る！
よきパン　それを誰が選ぶ！

（出典不明）

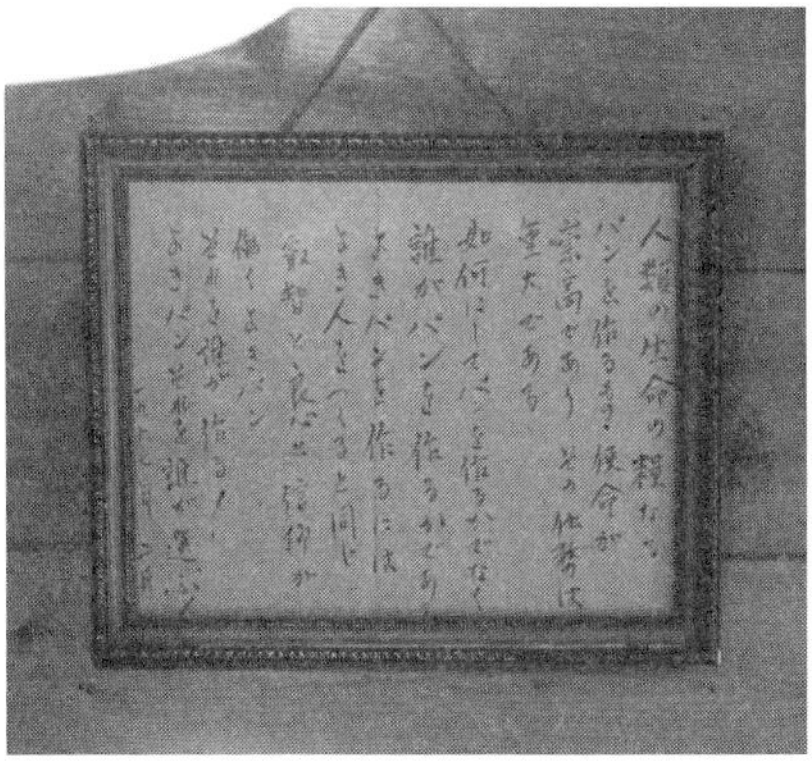

おいしいパンの秘密はスチームにあることを発見

進々堂を退社した日、偶然にも、かねてより知っていた、東京にある小さいけれどユニークな業務用オーヴンメーカーの社長の訪問を受け、関西以西の得意先のサービスを引き受けてもらえないか、と頼まれました。社員はわずか二十人にも満たない会社でしたが、すでにその製品は見ていましたので、ノルマなし、関西駐在を条件に入社を決めました。

私は、関西、中国、四国、九州までのサービスと営業に従事していましたが、入社して半年ほどたった頃、神戸のドンクが本格的なフランスパンを焼き始めたこともあって焼き立てのフランスパンが全国的にブームとなりました。

当時のフランスパン専用オーヴンは、ほとんどがヨーロッパ製のオーヴンであったのに対して、その会社のオーヴンは唯一の日本製であったこともあり、次々に売れました。

私はその据え付け、調整のために、全国各地の小さいパン屋に出向きました。しかし、工場は、納期に合わせるため、火入れのテストもせずにオーヴンを出荷・納品してくるので、現場で実際にパンを焼いてみるまでその問題点はわからない、というのが実情でした。

私は、開店までの数日の間に、工場から届いたオーヴンの搬入、据え付け、テスト焼き、焼きムラ調整を一人でこなさなければならなかったので、徹夜続きの毎日でした。

　当時のフランスパンは、フランスでパン作りに用いられる中力粉で作られていたため、強力粉に慣れている日本のパン職人にとっては勝手が違い、思うようなパンがなかなか焼けず、大変苦労していました。きれいな形状のパンが焼き上がらないのは、オーヴンのせいなのか、それとも職人の技術によるものなのか、そのあたりもはっきりわからなかったので、ごまかして済ませることも出来たのですが、私はそれでは嫌だったのです。しかも、ベテランの職人にはオーヴンが悪いと一方的に叱られたり、社長からは「オーヴンは悪くない」で押し通せと言われたり、本社にオーヴンの問題点を指摘しても、図面通りだからと、改良されなかったり、精神的にも、肉体的にも大変な思いをしましたが、その苦労が大変役立ち、現在に通じます。

　このメーカーでの仕事に九年半従事した後、独り立ちし、鳥取や広島のケーキ店やパン屋の社長に見込まれて仕事をしたり、ドイツの見本市の説明員の一人として派遣されたりといった経験を繰り返しながら、ヤマザキパンのような大手の工場から町の小さなパン屋まで、二百余りの日本製、外国製のオーヴンの修理、メンテナンスに従事しました。

その頃、得意先であった加古川のパンメーカーが、十年以上使っている大型のトンネルオーヴン（入り口に生地を置けば、自動的にトンネルを通過させて焼き上げるオーヴン）の火通りや焼きムラを直すのに苦労していることを知りました。オーヴンメーカーも知らんぷりで、使用者側に責任を押し付けていたのです。そもそもアメリカ製のオーヴンの模倣のような製品ですから、火通りや焼きに問題があるのは当然でした。

オーヴンのメンテナンスのため、徹夜仕事を終えたある早朝のことでした。焼き上がった給食のコッペパンが冷却コンベアに乗せられて大量に流れて来るのを、何とまずそうなパンだろう、と思いながら眺めていたところ、百個に一つあるかないかの割合で、見事なツヤのある焼き色、クラム（食パンの中の白い部分）の、火通りのしっとりしたパンがあることに気づきました。びっくりして拾い集め、焼き色の見事なパンが突然変異のように混じっているのはなぜなんだろう。同じ生地なのになぜそうした現象が起こるのか。さらには、すべてのパンをこのように焼き上げるにはどうすればいいのだろう、と考えていました。そのときふと、この現象はスチームの作用なのではないかと思いつきました。

そこで、一〇〇℃のスチーム温度をガスバーナーで四〇〇℃まで上げて噴き上げるオーヴンのアイデアを、社長に提案しました。すると、長年の課題が解決するなら、失敗を覚悟で百万円かけてやろうということになり、その方法をあれこれ調べて、一か月後にオーヴンに取り付ける装置を作り、問題のオーヴンに取り付けました。

その装置とは、ガスバーナーの炎の中に、ホイロ（最終発酵の道具）で使っているボイラーのスチームを混ぜて四〇〇℃にし、オーヴン入り口付近の格子状のコンベアの下から吹き上げるというもので、世界初の冒険でした。

稼働当日の朝、どうなるかと皆で焼き上がるのを待っていましたが、焼き上がったパンが流れて来たとき、大きな効果があることがわかり、歓声が上がりました。こうして、私のアイデアが正しかったことが証明され、ホッとしました。

この第一号が成功したのでブースターと名付け、全国のパン工場に売り込もうと、販売会社をつくり、装置の製作と取り付けは私が担当、売り上げは会社と私で折半ということでスタートしました。

オーヴンブースター

オーヴンブースターの第一号は応急の手作りでしたが、二台目からは京都のガス機器メーカーに外注し、改良を加えて、安全で、連続運転出来るものにしました。

五十台目からは、主な部品は茨木市の小さな工場に自前で外注し、組み立てた後にテストをし、施工はそこの主人と二人で行いました。開発したこのブースターは、ガス、電気、スチームの三つの技術が必要でしたが、今考えても大変ユニークなものだったと思います。

ところが、ちょうどその頃、パンの火通りをよくするためのアメリカの製品が輸入され、ブースターと競合することになりました。

ブースターは、ボイラーのスチームをガスバーナーで四〇〇℃に加熱させ、そのスチームを吹き上げる方式であるのに対し、アメリカ製品は、オーヴンの入り口の天井に張り巡らせたアンテナから発する電波のような作用でパンの火通りをよくするというものでした。

ところが、アメリカ製品の電波方式の効果のほどはよくわからなかったようで、ブースターとダブルで設置している工場もあり、ブースターがアメリカ製品に勝ちました。

このブースターを、北は旭川、南は鹿児島までのパン工場に納品し、九十八台のオーヴンに取り付けられました。

加古川のニシカワパンのオーヴンは、オーヴンブースター第一号ですが、三十年経った現在も稼働していて、そのある種レトロな菓子パンは、京都のコンビニでも販売されている息の長い商品です。


現在は、パン生地や小麦粉や改良剤の進歩で、オーヴンにスチームをこもらせなくてもパンは焼けるので、スチームについては全く関心を持たれていませんが、実はその有無には大きな違いがあるのです。

パン作りに欠かせないのは、小麦にしかない蛋白質（グルテン）です。そして、ほとんどの人はグルテンの多い強力粉を求めますが、粉の八〇パーセントを占める澱粉にパンのおいしさがあることを知らないのです。

また、現在のパンは、安易にソフトさ、しっとりさを求めるため、焼きが浅く、火通りの悪いものがほとんどです。それでは澱粉が生煮えで、アルファ化（糊化）していない故、おいしさがないと私は考えます。

ところがごくまれに、充分アルファ化している風味のよいパンがあり、調べてみると、それは、リールオーヴンで焼かれたものでした。リールオーヴンは、焼成室が大きく、生地を乗せた棚が窯の中で回転するため、生地から発するスチームが外に逃げず、中によくこもるのですが、確かに焼き上がりが違うのです。

私は早くからこのことに気づいていたので、造った石窯（もどき）には皆、スチームをこもらせる工夫をし、実際、その効果が大きいことを知りました。

スチームがなくてもほどほどのパンは焼けますが、私はスチームを使うことは、パン作りには絶対に必要と考えます。また、パンだけではなく、ケーキなどの菓子も、スチームをこもらせて焼くのがこれからの品質向上のために必要と考えます。

なぜパンを焼くのにスチームが必要なのか

三斤型食パンを一時間に三〇〇〇本焼く長さ一〇〇メートルのオーヴンから、小さなパン屋の金庫窯（間口がせまく、長いピールを用いてパンを出し入れする古いタイプの電気オーヴン）まで、さらには、ドイツ製、フランス製等の最新の高級パン用オーヴンまで、これまでさまざまなオーヴンの整備、性能改善に関与して来ました。

ほとんどのオーヴンでスチームは不要とされていますが、先にも書いたような経験から、それが間違いであることに気づきました。

原始的な昔の石窯パンがよいのは、差し口がせまいため、密閉されている状態なので、焼成中にスチームがこもるからです。壁面の石から放射される遠赤外線が、実は、こもっているスチームに吸収されて、H_2Oが激しく振動し、その分子運動の熱になるのです。高温のスチームが充分こもるようにすれば、早く火が通って生地の芯温が上がり、焼きムラがなく、どんなオーヴンでも、飛躍的にパンやケーキの焼き上がりの状態がよくなります。六十年の経験からわかって来たことです。

パンは通常二〇〇〜三〇〇℃で焼きますが、その熱気にスチームの有無は大きく影響します。酸素や窒素の分子は、二個つながった串ダンゴのかたちなので、熱を受けてもコマのように静かに回転するだけで、遠赤外線はそのまま、そのすき間を直進します。

スチームは、酸素一個に水素二個をおんぶしている不均衡なかたちなので、熱が加わると激しく自由自在に激しく動き、ぶつかる相手にその熱を伝えます。

一般的にフランスパン専用オーヴンには、スチーム発生器がついていますが、それは形をよくするためのものであって、火通りが目的ではありません。また、多くのパン屋は、スチームがこもると焼き色がぼやけると考えて、ダンパー（排気を逃がすために使用するバイパス）を開いて窯の中の水分を放出させますが、それは窯の温度が低いためであって、スチームのせいではありません。

料理ではスチームオーヴンを使うのが当たり前になっているのに、おいしいパンを焼くためのスチームの効果を認めないのは、アメリカでもやっていないからではないでしょうか。

ピアノの先生のパン

数年前、パン作りには全く素人と思われる京都市伏見区の年配のピアノの先生の依頼で、小型冷蔵庫ほどの大きさのレンガ積み、ガス焚きの石窯を造りました。

彼女は、ピアノを弾くにあたって、指先のテクニックだけではなく、からだ全部の動きが大切とするフィンガー・テクニックを指導する先生なのですが、自宅のすぐ近くのイル・チエロというパン屋に、九年前、私が作った石窯を見て、同じ石窯を、と頼まれたのです。

どちらも熱源はガス、焼床は二段で、火力はコックを手で調整。現在、ほとんどのパン用オーヴンは、上火と下火の温度を別々に細かく設定できるデジタル・コントロールになっていますが、この石窯は上火も下火も区別なしです。大きな特徴は、ガスの炎で焼かれた格子の鉄骨の上に水をスプレーしてスチームを発生させ、その上の焼成窯にスチームをこもらせながら焼き上げる構造になっています。

この依頼を受けたときは、自宅の一室を改装して始めるとのことでしたが、いつのまにか本格的な話に発展、隣の空き地に一〇坪の工房を建て、プロが使うスパイラルミキサーも購入するに至り、やっとその本気さがわかって来ました。

そのピアノの先生と手伝いの二人で内部の焼成室を中心に、数時間で百個のレンガを積み上げました。

先日、その窯で焼いたという一斤型の食パンとテーブルロールが送られて来たのですが、あまりのおいしさに圧倒されました。

彼女が使ったのは、市販の国内産強力粉・ユメチカラで、ごく一般的な配合です。それまで私は、市販の小麦粉ではおいしいパンが焼けないと思っており、風味のよい古代小麦を石臼で挽いた一〇〇パーセントの全粒粉のパンが最高と思っていたので、大きなショックを受けました。これまで出合ったことのない見事な香り、クラムのしっとりとしたソフトな口溶け、火通りに、どうしてこんな素晴らしいパンがこの石窯で焼けるのかと、大袈裟ではなくびっくりしました。

この石窯では、焼床の鉄板を二〇ミリと、これまでの倍の厚みにしたので、下火が効いたこともひとつの要因でしょう。

ひと昔前までは、カマノビと火通りが大きな要件でしたが、現在はそれを忘れて、下火の効かない薄い鉄板床か、あるいは格子の焼床になっているので、カマノビしません。カマノビというのは、焼成する初期段階で焼床の熱で生地が急速に膨らみ、パンのボリュームが出ることで、オーブン・スプリングとも言われます。しかし、石窯のようには下火が効かないので、ホイロを一杯に大きくして、高温で一気に焼き上げるようになっています。

生地の澱粉をアルファ化（糊化）するには九七℃が理想とされますが、ほとんどのパンはしっとりさ、ソフトさを求めるため、アルファ化は無視され、焼きが足りないのです。

ピアノの先生のパンは、充分なスチームの効果によって、火通りがよくなったことによる香りとおいしさがありました。このことは、下火の効いたカマノビと乾燥した空気の何十倍もあるスチームの威力、効果によって、おいしいパンが焼けることを示しています。

お遊びのようなピアノの先生のパンと思いきや、さにあらず。現在は大麦三〇パーセント入りのパンを焼いていますが、革命的！　と言ってもよいほどのパンになっています。

この石窯は、熱源に据え置くタイプの極めて簡素な造りなので、移動も出来、そんなに経費をかけなくても造れます。しかし、今はもうその気もなく、もうやれません。また、後継者もいません。

パン焼きにスチームを活用しよう！

行列が出来る人気店、パンがおいしいと評判の店のパンをいろいろ食べてみましたが、私にはあまりおいしいと思えませんでした。それは、どのパンも焼きが甘く、小麦の主成分である小麦澱粉が充分にアルファ化していない状態だったからです。

ところが、焼成室の中をトレーが回りながら焼き上げるリールオーヴンで焼かれたパンは、生地の中心温度が高く、しっとりとした食感を有した焼き上がりになっています。

パンを焼いているとき、生地からスチームと熱気が発生しますが、先にも書いたように、リールオーヴンは窯のふところ（容積）が大きく、差し口が小さいため、熱気が逃げにくく、窯内に水蒸気がよくこもり、しっとりとしたおいしいパンが焼き上がるのです。このことからも、パン生地の芯温度を高くするためには、スチームが必要であることがわかります。

このリールオーヴンと同じように、窯の中で薪を燃やし、その余熱でパンを焼く原始的

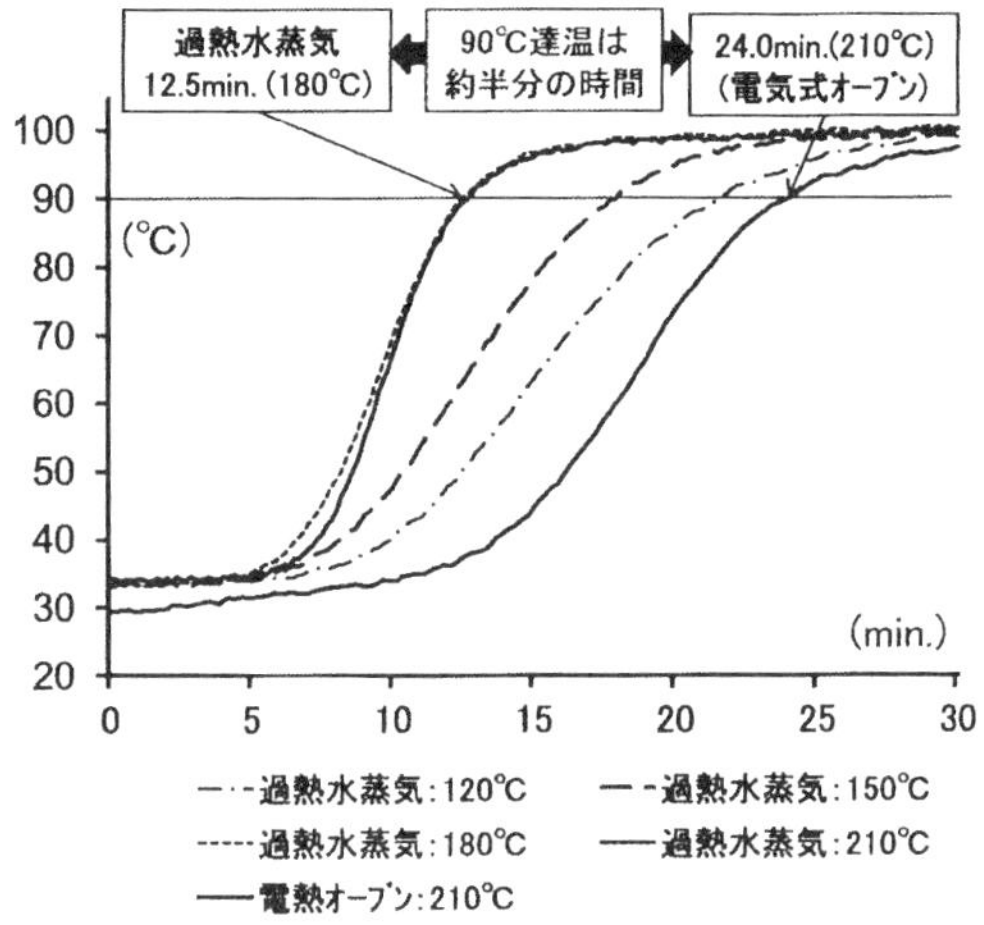

各加熱条件の食パン中心部の温度変化
北海道立総合研究機構 食品加工研究センター 応用技術グループ「過熱水蒸気技術の製菓製パンへの応用―過熱水蒸気でパンを焼いてみた」より

な内焚きの穴窯や、差し口のせまい金庫窯では、窯内にスチームがこもっていたので火通りがよかったのです。

現在の多くのオーヴンのように、ドライな状態でパンを焼くと、生地の表面温度はゆるく直線で上がってゆくだけですが、高温の蒸気がこもると、その凝結熱で右ページのグラフのように急激に生地に熱が加わり、生地の中心温度が早く上がり、一〇〇℃に近い状態が続くので、澱粉のアルファ化が進むと考えられます。

しかし、ほとんどの場合、ドライな状態で、スチームの熱がないので、生地の充分なアルファ化に必要な温度に達していません。

そこで、現代のオーヴンでは、パン生地の芯温度をアルファ化温度よりも高くするために、スチームを活用することを提案します。具体的には、小型簡易ボイラー（たとえば、クリーニング店が用いるアイロン用ボイラーなど）を設置し、窯内に直径二〇ミリ位のパイプを差し込み、上火を強くして、ゆっくりスチームを吹き込みます。

昨今の火通りの悪いパンに対して、スチームは大きな品質向上をもたらし、さらにおいしいパンが焼けるようになります。これまで困難であった中力粉、全粒粉、ライ麦粉などのパンも、火通りが向上して、おいしく焼けるようになるのです。

スチームがあればホームベーカリーでもおいしいパンが焼ける!

数年前、ふとしたことからホームベーカリーを引っ張り出して、全粒粉一〇〇パーセントの粉でパンを焼いてみました。

私が使うのは中力粉の全粒粉なので、水分量の多いやわらかめの生地にして、二時間四十五分コースにセットしました。このとき、ひとにぎりの木綿の綿《わた》に三〇~五〇ccの水を含ませて底に置き、その上にパンケースをセットしてスタートさせました。

このときの配合です。

・白小麦(品種不明なので、ヒメホタルと呼んでいます。ヒメホタルは農林61号相当)の全粒粉　一〇〇パーセント
・砂糖　三パーセント
・塩　二パーセント
・ドイツ産有機ドライイースト　〇・五パーセント

・水　八〇パーセント　＊やわらかめの生地にする

すると、焼き上がったのは、実に見事なパンでびっくりしました。パンケースの中の生地を蒸気が包み込むことによってよく伸びてボリュームが出るだけではなく、しっとりとしたパンになっていたのです。これはすごい発見だと思い、早速パナソニックに手紙を書きましたが返事はなく、それでは、と象印に出したのですが、気のない返事。さらに小さなメーカーに、とＭＫ技研にも送りました。こちらは前向きな返事でしたが、遅々として進みませんでした。

水を含ませた綿を置くという、極めて簡単なことなので、すぐにでもテスト出来るはずですが、そんなことをしたら危険と考えたのか、テストもしないでダメだと判断したのかはわかりませんが、こんな簡単なことをするだけで、格段においしいパンが焼けるようになるのにと、不思議でした。

バルミューダというメーカーからスチームが出るオーヴントースターが発売されましたが、こんなこと、これまでのトースターで上火のヒーターに水をスプレーしてスチームを発生させればよいだけのことなので、私は何十年も前からやっていました。今ではライフワークになっているカフェ・ミレットのワークショップでも、家庭用のオーヴンやホームベーカリーで、どうすればおいしいパンが焼けますか、という質問を毎回受けますが、先に書いたような方法を伝えています。

つまり、家庭用のオーヴンやオーヴントースターであれば、上下のヒーターに水をスプレーするだけで、ホームベーカリーであれば、水を含ませた木綿の綿やタオルを底に置くだけで、格段においしいパンが焼き上がります。

また、硬くなったパンを焼き戻すには、オーヴントースターのスイッチを強にして、ヒーターが赤くなってからパンを入れ、霧吹きで庫内に向けて水をスプレーします。こうしてスチームがこもった中に二、三分置くだけで、焼き立てのように柔らかくなります。スプレーした水くらいであればヒーターに当たっても問題ありません。

大切なのはスチームをこもらせて焼くことです。是非、試してみてください。

コラム 小豆島のパン

小豆島に住み、健康道場を開いていた女主人は、東京にいた頃から自家製酵母パンの店を持っていましたが、あるとき、高松市内の古道具店で直径六〇センチの大きな羽釜を見つけて、レンガで薪焚きの窯を作りました。そして、中に平らなアミ板を置き、ステンレスのカブセ蓋を作って、温度計もなし、勘だけで薪を燃やして、ワンローフ型のパンを焼き出しました。

しばらくして、そのパンが送られて来たのですが、その見事な出来にビックリしました。天井はステンレスの板だけで、熱源がないのにどうして焼けるのか訊いてみたところ、写真が送られて来て、その理由がわかりました。熱くした大釜の中に置いたアミの上に生地の入ったケースを並べ、スチームがこもるように縁の付いたステンレスの蓋をかぶせるとき、コップ一杯の水を撒くというのです。

パーッと発生したスチームの水の分子が、上下左右、あらゆる方向からパンに熱を与えるからおいしいパンが焼けるのだと、その疑問が解けました。

そこで、手許にあったアルミ鋳物の鍋や鉄のダッチオーヴンで試してみたところ、盃一杯の水だけで、いずれもきれいに、おいしく焼き上がったのです。

スチームの重要性

私はこの本の中でも、「スチームをこもらせて」と、スチームの必要性について何度も、何度も書いていますが、やはり、パン作りの工程でいちばん大事なポイントは、充分スチームをこもらせた中で焼くことなのです。ロシナンテでは、すべてのパン、ケーキ、クッキーの焼成には、スチームをこもらせます。

カフェ・ミレットでのワークショップでも、スチームをこもらせて焼くように工夫したホームベーカリーを使って、全粒粉のパンが見事な焼き上がりになることをお見せしたことがありますが、先に書いた下火に加えてカマノビを助けるもうひとつの力は、やはりオーヴン内にスチームをこもらせることなのです。

一般的に、フランスパンを焼くために必要とされるスチームは最初の十秒位とされ、それはクープ(切れ込み)のためであり、五分後、再度ゆっくりスチームを入れ、焼き上げまで充分にこもらせるとよいということはほとんど知られていません。

食パンは、中まで火が通っていないと、ケービングといって真ん中がへこみます。芯まで熱を通そうとすると、皮が厚くなります。パン作りの苦労は、そのイタチゴッコのようなものですが、スチームを使うと、その問題が解決するのです。また、どんなタイプのオーヴンでも、スチームをこもらせることが出来れば、パンに限らず、ケーキなども飛躍的においしくなります。

石窯がよいということを認めながら、ほとんどのオーヴンがその理由を解明せず、表面的な自動化、デジタル化ばかりを追うのは何故なんでしょうか。

ロシナンテ窯を築く

娘の夫のマーク・ピーター・キーン（アメリカ人。庭園デザイナー、日本庭園研究家）から、自分が手伝うから二人でパン窯を造ろうと誘われ、連続で焼けるようにコークスを燃やす、焼床一段六〇×六〇センチのレンガ積みの石窯を造りました。一九九一年（平成三年）のことです。この窯をロシナンテ窯と名付けたのは、ドン・キホーテが乗るヤセ馬の名前を借りました。ドン・キホーテのような勇気もなく、主人が御《ぎょ》するに従って動くだけのことしか能がない、と考えているからです。

思えば、自由学園のしがらみから解放され、唯我独尊になったためにやり過ぎたのかもしれず、どこへ行っても仕事は続かず、放り出されること六回も。たまたま発見したことが採用されて、オーヴンブースターというかたちで助かりましたが、それがなかったら今はないでしょう。どうしようもないロシナンテそのものだと思いますが、そんな人間をよくぞ妻は守ってくれたと思います。

この石窯は、燃える炎の上にセラミックボードを置き、その上に水を点滴しながらスチームをこもらせて焼ける構造になっているので、三〇〇℃の高温スチーム焼成が可能です。そして、パンを焼いている間、窯の中は常にスチームで満たされている状態になります。

私はこれまで、よいパンを焼くには、とにかく「スチームが必要であり重要」ということを繰り返し伝えてきました。ごく普通の家庭用オーヴンでも、スチームを補うだけで、焼き色や火通りがビックリするくらいよくなるのです。

ロシナンテ窯は最近まで使っていましたが、この窯で焼くと、一窯、二・五キログラムの粉で、十六個のパンを二回焼くことになります。私はパン屋ではないので、これだけの量を自家用ではとても消費しきれないので、現在はほとんど使わず、キッチンに置いてあるガスコンロに乗せた四十年前の手づくりのオーヴンを使い、ガスの火の上に置いたセラミックボードに水を点滴しながら焼いています。

このロシナンテ窯を築いたあたりから、おいしい、本物のパンのことだけを考える人生が始まりました。

依頼を受けて石窯を造る

もう二十年以上前のことですが、高知県宿毛《すくも》市のパン屋の訪問を受けました。オーヴンを造って欲しいとのことだったので、焼床が三段の大型ガスコンロを使うレンガを積んだ石窯を造りました。骨組みは宿毛市の鉄工所に頼みましたが、それ以外は、パン屋の主人と手伝いと私の三人で作業し、レンガを積みました。この石窯は、スチームのお陰で大変良質のパンが焼けて、私自身、自信がつきました。

そういえば、そこで働いていた女性から、宿毛の隣の中村市で自分の店を立ち上げるので同じ石窯が欲しい、と頼まれて造ったこともありました。

その後、同型の石窯を、仙台、大阪にも造りましたが、北海道帯広のパン屋からの依頼で、木質ペレット燃料のバーナーを使う石窯を四基造り、その後、京都二条、大阪府高槻市、大阪市帝塚山と大阪市北区でも造りました。

京都市聖護院の精米所内のパン屋でもペレットを焚く石窯でパンを焼いています。ここでは、ご飯を三〇パーセント入れた生地を業務用の餅つき機で仕込み、蓋のあるアルミの番重に入れて、真っ白に焼きます。蒸しパンなら蒸籠《せいろ》にしてもよいのに、と思ったのですが、焼き上がったのを見ると、まさにパンでした。二四〇℃のボックスの中で焼くので、しっかり火が通り、三日経っても風味は変わりませんでした。しかもこのパンは、超！フワフワで、軽いバルーンのようです。しかし、こんなパン、この石窯だから焼けたと思います。市販の菓子パンは、芯まで火が通っていないので半日で老化します。

沖縄の読谷村でカフェを開いていた人から頼まれて、熱源がコークスのレンガ窯を造ったこともあります。

第4章　おいしい小麦粉を求め続けた人生

パン歴六十年。全粒粉一〇〇パーセントへの道のりは長かった！

ドイツで食べたブロッチェン

転機は四十年以上前、三年毎に開かれるヨーロッパ最大の製菓・製パンの見本市の手伝いのため、ドイツに行ったときに食べたパンから始まりました。

フランクフルトの小さなホテルの朝。朝食をとるために食堂に行くと、そこのテーブルに置かれていたのは、カゴに入った焼き立てのパンとパック入りのバター、ジャム、お替り自由のコーヒーだけでした。

カゴに入っていたパンというのは、隣の小さなパン屋から届いた、ブロッチェンという最もシンプルな丸い塩パンでした。隣にいた若いビジネスマンが食べているのを見て、同じようにパンに切れ込みを入れて、バター、ジャムをはさんで口にしたときの驚きは忘れられません。これまで味わったことのないすばらしいおいしさだったのです。神戸にも、これぞ本場と同じ、という謳い文句で販売されているブロッチェンがありましたが、それとは全く違うおいしさで、何ともいえない口当たりと粉の香りが口一杯に広がりました。

毎年多くのパン関係者がヨーロッパに行っていて、彼らはブロッチェンを食べているはずなのに、そのおいしさに言及した人は誰もいませんでした。

そこで、このブロッチェンだけ勉強して帰ろうと、それからの十二日間、ビールやソーセージには目もくれず、いくつかのパン屋のブロッチェンを一日三食、食べ続け、また、製造現場も見せてもらって、その味の秘密をさぐりました。

その配合、製法は、仕込みから焼き上がりまで、九十分というものでした。粉をミキサーで三、四分練り、機械で丸めてホイロで発酵させ、機械で分割して丸めて天板に並べ、室温で二次発酵後に十五分で焼成という早さ。そこにはダイヤモルトという改良剤が加えられていました。本来ならまずいことこの上ないブロッチェンになるはずですが、実においしく、いくら食べても飽きないのです。

帰国してから早速、そのおいしさを再現すべく、意気揚々と神戸のとあるパン屋で焼かせてもらったところ、形は同じにできても、ドイツで食べたのとは全く別の風味のないブロッチェンが焼き上がり、驚きました。こんなはずはないと、その後、いろいろなパン用の粉で焼いてみましたが、ドイツのブロッチェンの味を再現することは出来ませんでした。どこが違うのだろうか。どんな秘密があるのだろうか。その思いが、パン研究の新たなスタートになりました。

小麦粉と製粉方法の違いによるおいしさの違い

かなりの時を経てやっとわかったのは、その風味の違いは、日本とドイツの小麦粉が違うということでした。

そこで、ドイツに行った人に「５５０」という粉を買って来てもらい、その粉で焼いてみたところ、ドイツで食べたブロッチェンと同じ味がしました。

やっぱり粉だ！　日本のパン用粉は、そのほとんどが外国産の風味の少ない強力粉であるのに対して、ドイツのパン用粉は、国産のストレート挽きの中力粉であること、さらにはその製粉方法が違うということがわかりました。

小麦粉の種類と品質の多さでは世界一だと言われている日本では、パン用小麦は政府管理のもと、そのほとんどがアメリカ、カナダ、オーストラリアから輸入され、一年を通じて一定のパンが出来るように、ひと粒の実を数十通りに細かく挽き分け、用途に応じてブレンドされます。しかし、ドイツの場合は、パンには550という限られた中力粉を使用し、その製粉方法も、製粉機のローラーから出る順序に従って、1番粉、2番、3番、末粉、麦皮と分割されるだけのシンプルな挽き分けの小麦粉です。そこにおいしさの秘密があるのかもしれないと思い至ったのです。

五十年以上前のことですが、ドンクが招いたフランスのレイモン・カルベル先生が日本にはじめて本格的なフランスパンを紹介したときは、フランス本国と同じ中力粉が使われました。中力粉でパンを作るのはデリケートな手作業を必要とするので難しく、作るのに大変苦労していましたが、風味がよく、何とも言えない味わいのとてもおいしいパンでした。

しかし、パンの人気が高まるにつれて、いつの間にか機械が使えるグルテンの多い準強力粉が主流となり、楽に作れるようになったかわりに、形ばかりで、以前のようなおいしさを感じるパンはなくなってしまいました。

現在輸入され、製粉されているフランスの小麦も、全くおいしさが感じられません。品種改良されて、往時のおいしさが消失しているようです。

電動石臼を完成

パンを焼くとき、最初は市販の粉を使っていました。しかし、開店して間もない石臼挽き蕎麦屋の主人が、自分で古い石臼を修復して造った電動の臼で挽いた粉で蕎麦を打っており、それが大変おいしかったことから親しくなり、石臼に興味を持ちました。

また、同志社大学の粉体工学《ふんたいこうがく》の教授から、昔ながらの石臼で挽いた粉がおいしいと教わったこともモチベーションになり、石臼を造って小麦を挽いてみよう、そう思うようになりました。

ちょうどその頃、近所の西洋骨董店の軒下で一対の雨ざらしになっていた石臼を見つけました。心棒もない状態で、果たしてうまく直せるだろうかと思いながら数か月考えた末、その石臼を購入することにしました。

修理してみようとトンカチとタガネを使って溝を直そうとしましたが、硬い御影石だったため、全く歯が立ちませんでした。それでも擦り減った硬い上下の石臼の合わせ面を直すため、あれこれ試行錯誤を重ねていたとき、赤レンガを庭の敷石を加工するのに使った電動工具に気づき、それで試してみたところ、簡単に溝を彫り直すことが出来ました。最初の一年は、その石臼を使って手回しで小麦を挽き、その粉を篩《ふる》って、パンを焼いていました。

臼を挽くスピードは手回しの速度がいちばんですが、それでは大変なので、試行錯誤の末、手回しのようにゆっくり回るようスピードを加減出来る電動石臼を完成させました。ロシナンテの石臼は、直径一尺、上下で重さ三〇キロの上臼を固定して、下臼を毎分二一回転して粉を挽くのですが、一時間で一・五キロの粉をしか挽くことが出来ません。

ゆっくり、手回しのスピードで回る石臼がなぜいいかというと、広い面でゆっくりと小麦を砕くので、高速製粉機で生じる発熱も空気の酸化作用もほとんどなく、本来の風味を損なうことなく製粉されるからです。また、こうして挽いた全粒粉は、市販の高速製粉機で挽いた粉とまるで違って嫌味がなく、その粉で焼いたパンは、風味濃厚で食べやすく、小麦の表皮に近い部分が挽きこなれているため、栄養分も生きています。

一般に、電動の石臼でも、手回しの石臼でも、上臼が回転しています。抹茶臼でも上臼を回していますが、私の臼は、上臼の両側の把手をスプリングを介して回らぬようにして、立型の一体型のギアモーターの軸の上に石臼を乗せる台をつけて、粉受を兼ねた台座にモ

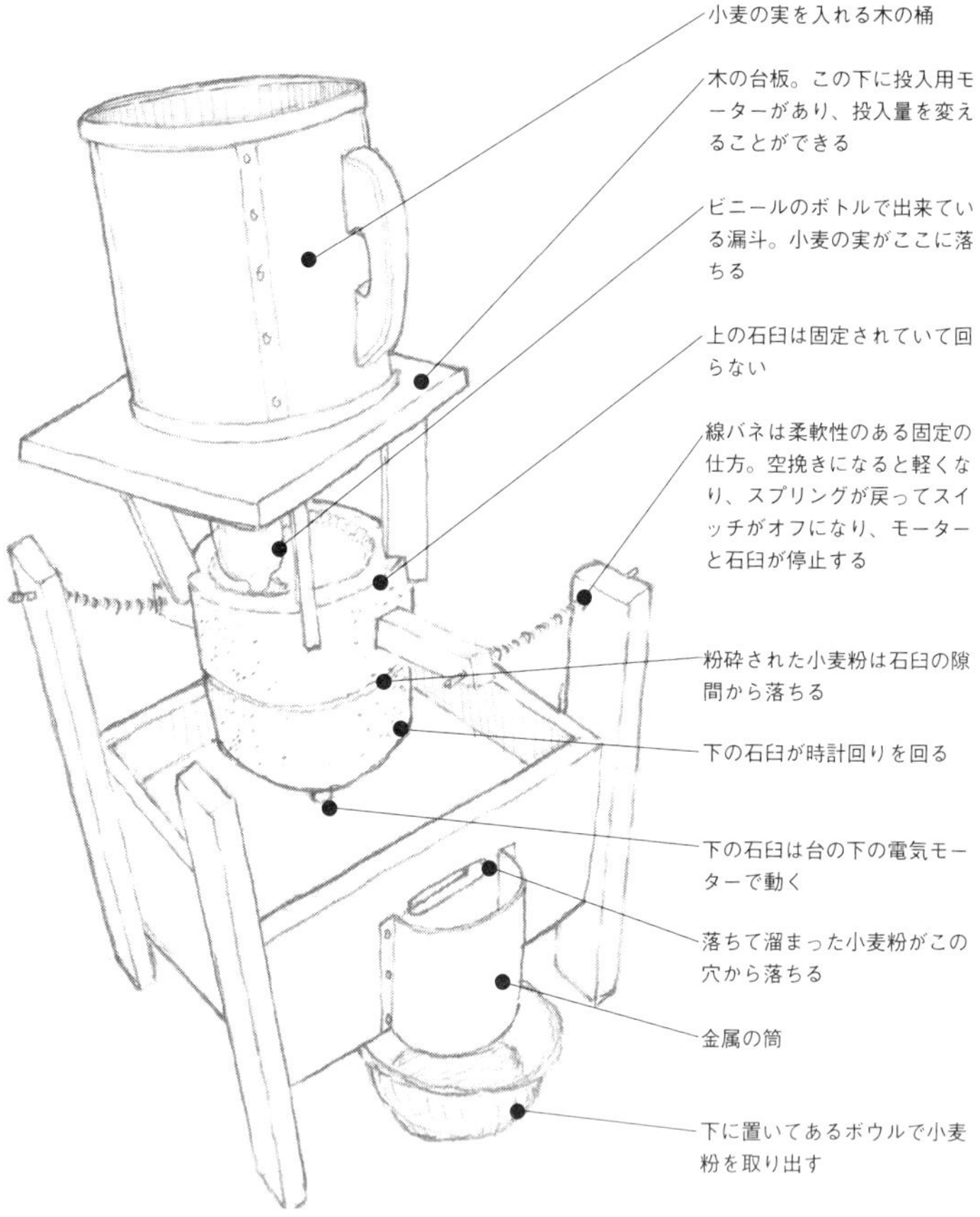
小麦の実を入れる木の桶
木の台板。この下に投入用モーターがあり、投入量を変えることができる
ビニールのボトルで出来ている漏斗。小麦の実がここに落ちる
上の石臼は固定されていて回らない
線バネは柔軟性のある固定の仕方。空挽きになると軽くなり、スプリングが戻ってスイッチがオフになり、モーターと石臼が停止する
粉砕された小麦粉は石臼の隙間から落ちる
下の石臼が時計回りを回る
下の石臼は台の下の電気モーターで動く
落ちて溜まった小麦粉がこの穴から落ちる
金属の筒
下に置いてあるボウルで小麦粉を取り出す

ロシナンテの石臼

ーターをはめ込んでいます。こうすると、下臼を回転する台座に乗せるだけですみます。下臼の中心に孔を開け、上臼が回転するシャフトを通す必要もなく、石臼を乗せ替えるのも実に簡単。古い手回しのものがそのままで使えますし、抹茶臼も乗せ替えるだけですぐ使えます。

この石臼で小麦を挽くと、細かく、よい全粒粉が出来るのです。開店したばかりの自家製粉の蕎麦屋から頼まれ、蕎麦粉を挽いたときも、大変よい粉だと言われました。

それでも全粒粉のパン作りは難しいと思ったので、しばらくは四〇メッシュの篩いにかけた粉を使っていましたが、ある人から一〇〇パーセントでも大丈夫ですよ、と教えてもらったことが、全粒粉一〇〇パーセントのパン作りの旅の始まりとなりました。もう三十年以上も前のことです。

ロシナンテの全粒粉は天下一品

ロシナンテの石臼で挽く全粒粉が市販の全粒粉と違うことがわかったのは、つい最近のことです。

市販の全粒粉の多くは、ドイツやオーストリーの歴史ある石臼を使って挽いていますが、そのサンプルを調べてみたところ、みな破砕の粗い粉だということがわかりました。

この石臼を使い始めてすでに二十七、八年、週に一回、数時間挽くだけですが、硬い御影石なので、最初の刻みを直したまま使っています。そして、ロシナンテの石臼で挽く全粒粉は、単なる粉砕や破砕ではなく、摺りつぶしの微粉になり、麦皮も細かく砕かれています。だからこそ、全粒粉一〇〇パーセントでもパンが軽く焼き上がるのです。

私の石臼で挽く粉がきめ細かくなるのは、最初の刻み溝を修正したときに、もうひと筋の刻みを入れたこともその理由のひとつではないかと考えます。

頼まれて預かっていた石臼も、それまでは粉砕だけでよしとしていたのですが、それで挽いた粉は粗かったので、合わせ面に私の石臼と同じような加工をし、修正してみたところ、同じような状態の微粉に挽けるようになったことは、新しい発見でした。

先にも書いたように、フランスをはじめとするヨーロッパには、もともと強力粉はありませんでした。そもそも、強力粉、中力粉、薄力粉といった分類ではなく、たとえばドイツでは、グルテン量ではなく、灰分量によって４０５とか５５０、１０５０といった数字で表示され、パン用粉は、灰分量〇・五パーセントの５５０が使われています。また、ドイツの小麦粉の規格は国内同一で、日本のようにメーカーによってまちまちではありません。日本の小麦粉でも灰分を表示するようになったのは、つい最近のことです。

灰分（ミネラル）のパーセンテージというのは、小麦の純度（胚乳と表皮の境部分の細片の混入度）で、高ければ小麦の皮部が多く残っているので、カリウム、カルシウム、ナトリウム、マグネシウム、リン、鉄などのミネラル分が多いということになります。ですから、灰分が多いと粉の色は暗くなりますが、風味がよくなります。

全粒粉は、消化できない皮を含みますが、風味があり、パンをおいしくしてくれます。ところが、ほとんどの全粒粉は粉砕なので粒子が粗く、一〇〇パーセントではパンが軽く焼き上がらないので、全粒粉パンと謳ってはいても、せいぜい三〇パーセント止まりで他の粉を加えているものが多いのです。しかし、私の石臼は、硬い御影石の刻み面がかなり減っていたのが幸いして、粉砕のうえに摺りおろしという、粗い粒子をさらに細かくした微粉になり、さらには、低速で挽くので、胚乳をいためることがなく、おいしさを損なわず、一〇〇パーセントで焼いても、軽く、おいしく焼き上がるのです。

麦皮まで微粉にする製粉機がありますが、回転が速いため、トゲトゲした粗い感じになり、苦みも出ておいしくないにもかかわらず、かなり使われているのは理解できません。

あるる全粒粉メーカーは、麦皮が入ると苦みが出るので、ひと皮剝いた実を挽いているそうですが、私の石臼で挽く粉には、苦みは全くなく、いやみがありません。

最近は全粒粉のメーカーが多くなって来ましたが、使っている玄麦は強力小麦が多いので風味が乏しく、さらには量産するために高速で挽くので、さらに味を落としています。大変不思議なのですが、私が挽いているような全粒粉はどこにもないようです。

全粒粉一〇〇パーセントのパンは、時代に取り残された昔のパン。このパンの味がわかるのは、天地自然から発する微かな問いかけに耳を傾けることが出来る人だけです。

華やかな彩のペイストリー、フランスパン、ロイヤルブレッドの世界ではなく、宮沢賢治の詩にあるような生き方、考え方を希求する人にしか理解できないパンです。それ故に、言挙げせず、時の流れにただ委ねたいと思います。

中力粉にたどり着く

しかし、せっかく石臼で挽いても、小麦そのものがおいしくなければ意味がありません。

私は、小麦のおいしさがわかる本当においしいパンを追い求めて来ましたが、あるとき、うどん粉はどうだろうか、と思いつきました。

日本で一般に買えるパン用の粉は、アメリカ産やカナダ産でグルテンが多いのに対して、ヨーロッパの粉はグルテンが少ないかわりに灰分が多く含まれ、粉の色は暗くなりますが、風味はよいのです。それなら、同じようにグルテンの少ない内麦《ないばく》（国産小麦）はどうだろうかと思いついたのです。

一般に、パンは強力粉で、と思われていますが、フランスパンはもともと、中力小麦しかなかったので、その粉でいかにおいしくするかで生まれたパンといわれています。うどん粉もまた中力粉です。これで作るうどんがおいしいのだから、パンもおいしいのではないだろうか。これを使うことにより、世界に誇れる日本のパンが焼けるのではないだろうか。そう考えた私は、パンに関する本を読み漁り、日本に昔からある天日干しの内麦がよいという結論に達しました。

また、先にも書いたように、粉の風味の良し悪しは、グルテンではなく、澱粉にあるというのが、いろいろな小麦を石臼で挽いて試しているうちにわかって来たのです。そこでグルテンが少ない中力粉の全粒粉一〇〇パーセントに行き着いたのです。

これで焼くと、フワフワにはなりませんが、おいしいし、健康にもいいパンが出来上がります。ドイツのパンとは異なり、極めて日本的なパンになってしまいましたが、新たな小麦のおいしさを発見することが出来たように思います。

生地をうどんと同じように足で踏んだり、ローラーでのしたりしましたが、大豆ミルク（一五九ページ参照）を使えば、乳化剤に比べてその効果は劣りますが、生地の伸びがよくなることを知りました。ドイツで使われている改良剤は、合成化学製品であるため使いませんでした。

お米に対しては大変うるさい日本人ですが、パン用の小麦の品種改良に求められるのは、タンパク量、耐病性、多収量といった生産者寄りの項目しかなく、小麦本来の澱粉のおいしさは全く無視されています。たとえば、タンパク量はふくらみをよくするだけで、おいしさの指標にはなりません。

日本で本格的なフランスパン作りが始まったときのパン職人は、中力粉を使ったため、微妙な生地の扱いに苦労していましたが、おいしいパンを焼いていました。ところが、いつの間にかタンパク量の多い準強力粉が使われるようになって、風味よりも作りやすさばかりを目指しているのは嘆かわしい限りです。

人生は面白くてありがたい

那須農場にいたとき、収穫した小麦を小型の製粉機で挽いてパンを焼いていましたが、まさか、七十年後、自分で作った石臼で小麦を挽き、パンを焼くことになるとは！　人生は不思議なものです。でも、人生は面白いものです。

省みると、よくもこの荒波を乗り越えたものだと思いますが、私の九十八年の歩みは、自己中心的であり、妻にも、家族にも、周囲の人にも、迷惑のかけっぱなしで、何とも申し開きができません。つむじ曲りで、幼児よりわがままな人間、何も誇るものはない。こんな人生、どこがよいのだろう。そんな風に思ったことも、何度もあります。

危うく死ぬところだったこと三回。一回目は、岩手の開拓農場で馬車から落ち、頭から地面に叩きつけられたとき。二回目は、名古屋の無人になったパン工場の狭い隙間で二〇〇ボルトの電流に感電し、身動きができなくなったとき。三回目は、宮城球場前の広い道路を渡ろうとしたとき、高速で走って来た車のミラーにひっかかったとき。兵役も、召集されたものの帰されること三回。

それでもこんな風に命をもらって今があるのですが、もしかしたら今、おいしいパンのことを研究したり、焼いたり出来るようになったということがその意味だったのかもしれません。ありがたいことに、それがいちばん楽しいことでもあります。

しかし、おいしくて、からだにいいパンのことをこれだけ長く考え、研究していても、本当の答えはそのたびに違うと言いますか、これはどうだろう、これを試してみたらどうだろう、ということの繰り返しです。

今年の五月、私は最愛の妻を見送ったのですが、その時、私が焼いたパンを妻に持たせました。

妻が亡くなった日、私はパンの仕込みをしていました。その途中でホームから電話があり、妻のもとに駆けつけたので、帰って来てから発酵させたままになっていたパンを焼くことにしたのです。実を言うと、何をしていいのかわからなかったのでただただパンを焼いていたのですが、このとき、心ここにあらずだったのか、つい塩を入れるのを忘れてしまいました。焼き上がってから、用意していた塩が残っていたことで気づいたのですが、そのパンを試食した八千代さんが「今までいちばんおいしいパンだ」と言ってくれました。「パパのパンは世界一だから」、「パパはエンジニアだから」、「パパは芸術家なのよ!」。

そう言い続け、私をずっと支えてくれた妻への最後の贈り物となったパンだったので、何よりの手向けになった気がします。

しかし、後になって、塩の扱い方というのもまた、試してみる余地があることなのかもしれないと気がつきました。そういう意味では毎日がスタートライン、そして、知れば知るほどわからないことが出て来ますが、宮沢賢治の『セロ弾きゴーシュ』を見習いつつ、引き続きいのちのパン作りに取り組みたいと思います。

おいしくて、からだにいい本物のパンを追い続けて来たことの先に、常に今があり、未来がありました。ある意味、これまで生きたことの結果というか、今まで苦労してきたことがここに実っているような感じもしますが、実のところは、今も見えない力の前に恐れおののき、後悔と懺悔の繰り返しの毎日です。

こねないパン

私のパンは、あくまでも手を使い、手をかけて作ります。

強力粉のような強いこね方はせず、リュスティックの製法を取り入れています。

リュスティックというのは素朴とか野趣という意味ですが、これこそパン作りの原点であり、形は平凡で見栄えがしませんが、小麦の風味が最も生きたパンと私は考えます。

現在、広く食べられているリッチな配合のパンは、アメリカタイプの強力粉を使ったものですが、私が使う国産の中力粉は、グルテン量が少なく、デリケートです。ですから、生地を手で薄く広げるようにします。よく言われる生地を台にたたきつけるようにして派手にこねるやり方だと粉のグルテンが切れてしまい、パンがふくらまなくなってしまうので、グルテンをつなげていく感覚で優しく押し広げていくのです。

うどんと同じように足で踏んでみたり、麺棒やパイローラーなども使ってみたり、前日仕込みで冷蔵発酵させてみたりしましたが、手でやさしくのし広げる仕込みのほうがグルテンがうまくつながり、おいしさを引き出せることに気づきました。指先や手のひらを通して生地とつながるというか、パンを作る人の思いがパンに宿るというか、そういうアナログな感覚もまた、私には合っているように思います。

リュスティックは水分量が多いのでベトベトし、大変扱いにくい生地ですが、折り込みを繰り返してゆくたびに、グルテンが強くなっていきます。時間があれば、軽く丸めて冷蔵庫に入れて一晩寝かしておけば、夜中の間にグルテンが勝手につながってくれます。そ

ROCINANTE

して、グルテンがつながると、パンは軽く焼き上がります。

私は、デリケートな素材である国産小麦の風味のためには、丸めることも余計なことかもしれないと考えて、適当な大きさに分割したら、そのままの形ですぐ焼成に入ります。

石窯パンの最大特徴

1、カマノビしていること
2、しっとりとして、火通りがよいこと

本来の石窯パンの最大特徴は、この二つです。すべてスチームがこもっているからこそ、この特徴が生まれます。

そして、私のパンの特徴もまた、スチーム焼成です。

パン屋はいろいろありますが、世界的にも、私のように三〇〇℃の高温スチームをこもらせて焼いているところは、あまり例がないのではないでしょうか。

そういえば、昔、パリのガナッシュというパン屋で見た焼床が回る大きな窯は、薪焚きで、その煙突は隣の四階建てのビルよりも高いくらいでした。夕方には火を落としていましたが、夜一〇時を過ぎてもスチームがこもっていて、差し口から手を入れられませんでした。その時、なぜおいしいパンが焼けるのか、わかった気がしました。

フランスパンでは、焼きはじめにスチームを入れますが、それはきれいなクープとツヤが目的です。

私がこれまで造った石窯を使っている小さなパン屋はみな、スチーム焼成でおいしいパンを焼いて繁盛していますが、小さすぎてメディアに取り上げられることはありません（しかも、東京ではなく、地方都市ばかりです）。

石窯パンとは名ばかりの偽物が多い

石窯パンと銘打ったパン屋が増えました。スペイン製の焼床がまわるロータリー・オーヴンを備えているというお店も続々と出来ています。しかし、そこに並んでいるパンは、本物の石窯のパンではありません。

スペインの窯は、表は石造りで薪を焚く構造ですが、熱源はガスが大半で、丸い焼床がひと回りする間に焼き上がる仕組みです。本来の石窯パンとは、大型のリーンな食事パンです。それで小さなパンを焼いても、いいパンにはなりません。

ある航空会社のニューヨーク便の機内食に石窯パンがありましたが、これも明らかにニセモノでした。プロでも、本当の石窯パンを食べたことのある人は少ないと思いますが、昔ながらの石窯で焼いたパンは、現在のどんなオーヴンで焼いたものよりも、カマノビ、火通り、焼色がよく、焦げていてもおいしいのです。

本来の石窯は、入り口がせまく、中は広く、天井が高いのが特徴で、そこに蓄積されたスチームは逃げないようになっています。普通の窯の上火では、熱源の放射熱が直接パンの表皮に当たりますが、スチームがあれば、いったんスチームが熱を吸収し、スチーム自体が発熱体となって生地に作用します。このゆるやかな気持ちのいい熱が、パンの馥郁たる味わいを引き出すのです。

ところが、百年ほど前、石窯が電気やガスを熱源とする近代的なオーヴンに変わるとき、パンの焼成に最も重要なスチームのことを考えませんでした。このことが大きな誤りを生んだのです。パンは、熱源の遠赤外線放射熱が直接生地に当たって焼かれますが、窯の中にスチームがあると、それに吸収されて生地に届かないとされます。しかし実際は、スチームのH_2Oの分子が激しい運動を起こし、それが生地に衝突して加熱するのです。

現代のオーヴンでも、外部からスチームを吹き込み、焼床の鉄板を厚くすることで、石窯と変わらない効果が得られます。ホームベーカリーでも、スチームの効果は簡単に確かめることができます。

Small is beautiful

今、スーパーなどのパン売り場には、吟醸、超熟、熟成、自然種などと、センセーショナルなネーミングをつけた食パンがあふれています。

そして、多くの消費者は、その材料や製法、風味や味わいよりも、フワフワであるかどうかを確かめて買っているように思います。戦後、アメリカの安い小麦と大量生産方式が入って来て、フワフワのバルーンパンが主流になり、日本人はその味に慣らされてしまったんでしょうね。

機械は人の手のように微妙な感覚を持たないので、パンを作るに当たっては改良剤（主に合成乳化剤）の助けが必要になり、その加工作用によって、素材そのものの風味は失われてしまいます。いくらメーカーが発酵の旨さを強調しようとも、フワフワだけではおいしくはならないんです。

米の味には敏感でうるさい日本人が、なぜこんなポストハーベストや遺伝子組み換えの心配のある不健康な加工食品を食べるのか、私にはそのことが不思議でなりません。

日本のパンは、欧米のパンを真似するだけで、北海道から沖縄まで、ほとんど同じ材料と製法で作られた、似たようなパンばかりで、そこには地域性も商品哲学もありません。長いパン作りの歴史を持つヨーロッパでは、地域に密着した田舎の小さなパン屋が、伝統的な材料と製法を頑なに守り、主食としてのパンを悠々と焼いています。そして、それを食べる村人たちも、まことに質実剛健です。

日本でもこうしたことに気がついた小さなパン屋が、少数ではあるけれど、有機無農薬小麦や天然酵母、無添加のパンを作り始めています。ところが、従来の製パン理論、技術から抜け出せていないため、そうしたパン屋が小麦の個性を生かしたおいしいパンを焼けているかというと、残念ながらそうでもないようです。

日本の小麦製粉は、ひと粒の実を何十通りにも細かく挽き分けて、用途に応じてブレンドするという世界でもトップクラスの技術を持っていますが、小麦は天然物ですから、品種、気候や栽培の条件によって同一とはなりません。そのため、量産するためには成分規格を均一にする必要性が優先されるので、小麦本来の風味は飛散してしまいます。

日本の食糧自給率は三八パーセント、小麦の生産も年々増えていますが、使い勝手がよいからと、輸入してまで風味のないフワフワパンを食べる必要はありません。

「Think small.」というフォルクスワーゲンの伝説の広告があります。

この広告が始まった一九五九年当時のアメリカでは、フォルクスワーゲンは敗戦国であるドイツからの輸入車というイメージが強くあり、しかも当時はいかにもアメリカ的な大型車が主流だったのに対して、小型で「こぢんまりとして不恰好な車」ともとられていたそうです。また、当時のアメリカは戦争に勝利して盛り上がっており、「大きなものは良いことだ」というような価値観を誰もが信じて疑わない時代でもありました。

その中でフォルクスワーゲンは、「小さい車の価値」を通じて、アメリカの思想そのものを批判する広告を実施しました。つまり、時流と正反対のことをやり切り、流行とかみんながそうだからということではない、そのものの本質を見抜いた独自の戦略をやり切ったのです。

当時のアメリカには、その思想に共鳴する人々は少なからず存在しており、その人たちを中心に実質性のあるフォルクスワーゲンは受け入れられました。さらに、フォルクスワーゲンを選ぶ人は、多くのアメリカ人とは違う知性のある消費者だという、イメージまで獲得したのです。

パンについて言えば、国産小麦粉の全粒粉一〇〇パーセントでは大多数の日本人が好むフワフワパンは出来ませんが、農家と契約して小麦を直接入手し、小さい製粉所で粉にして、機械に頼らない製法でパンを焼き、食べる人に本当の満足を提供するのは、小さなパン屋でなければ出来ません。おいしいおむすびに対抗し得る有機無農薬の国産小麦を使った健康的で風味のあるパンを焼くパン屋の出現が待たれます。これこそまさに、「小さいことはすばらしい」の実践です。

カフェ・ミレットのパン

二〇〇八年から始まった京都静原のカフェ・ミレットでの石窯パンのワークショップも、

もう一〇八回を超えました。よく続けて来られたな、と思いますが、隅岡樹里さん、敦史さんの協力があったからです。「石臼碾《いしうすび》き丸ごと全粒粉のこねないパンとオーガニック料理のワークショップ」として、最近では二か月に一度開催、焼かれるパンは、全粒粉を使った一種類だけです。

もう何年前になるでしょうか。ある日、パンのワークショップをしたいということで、樹里さんと彼女のお父さんが家に訪ねて来られたのです。それからワークショップが始まったのですが、カフェ・ミレットのパンが目指すのは、おいしい小麦を探して、そのおいしさを最大限に生かす作り方です。

ワークショップでの流れは、

1、あいさつ
2、前日仕込み生地の分割・成形・焼成
3、当日仕込み生地づくり
4、お昼ごはん
5、当日仕込み生地の分割・成形・焼成
6、部屋の掃除

というもので、前日仕込み生地では、パンだけではなく、ピザも作ります。

参加者と一緒に仕込む当日の仕込み生地

（仕込み生地の配合は、気温等で若干変わる場合があるので、資料を毎回配布します）

ディンケル全粒粉…２０００ｇ

室温の水（20℃くらい）…１６００cc（粉の70～90パーセント　麦芽糖液、ドライイーースト用の水を含む）

天日塩…38～40ｇ（粉の1.5～２パーセント）

麦芽糖液…８００ｇ（粉の40パーセント、麦芽粉20ｇで一五九ページを参照して作る）

ドイツ産有機ドライイースト…６ｇ（温水で15分間、予備発酵させておく）

＊水分量が多いのでベトベトの扱いにくい生地です。

＊これはカフェ・ミレットのヴィーガン料理により生まれた独自のレシピです。

工程

① 配合の材料を軽く混ぜ合わせ、40分休ませる。

②生地を平らに手で延ばす。麺棒は使わない。
③生地を軽く延ばし、縦、横、三つ折りにして軽く丸め、60分休ませる。
④③と同じ工程を繰り返し、テーブル上で発酵させる。
⑤四角に近い形に延ばし、縦2、横3にカットする。
⑥カットしたままの生地を天板に並べ、焼成に入る。
＊焼くとき、表面を刷毛で水塗りします。
＊発酵中は、かたくしぼった布巾をかけて乾燥しないようにします。

仕込み方法の簡単な説明

1　カフェ・ミレットで焼くパンには、滋賀県で十二年前から栽培されている古代小麦・ディンケル（英語ではスペルト）を私の石臼で挽いた一〇〇パーセントの全粒粉を使います。ディンケル小麦は、自家受粉でしか実らないため、七千年以上も変わっていないと言われています。収穫は少ないのですが、風味がよいのです。

2　生地は吸水が七〇～九〇パーセントの大変やわらかい生地で、リュスティックまたはペイザンというパンチ（ガス抜き）を繰り返す製法です。中力粉なので簡単に折り込んで、グルテンを結合させます。

3　自家製酵母は、一般の精白されたパン用粉の風味をよくしてくれますが、中力粉の全粒粉は香りが強いので、その風味を生かすためには、無味無臭のドライイーストの方が向いています。ここでは有機のドライイーストを使います。

4　大事なことは、スチームをこもらせた中で焼くことです。乾燥した三〇〇℃の中に手を入れてもあまり熱さを感じませんが、一〇〇℃の湯気（蒸気）では、すぐ火傷をするくらいの大きな熱の力があります。高温になっている窯の天井に向けて水をスプレーするとスチームになり、パンの火通りはよくなって、品質が向上します。手を入れると火傷をするくらいがよろしい。

5　軽くまとめた生地を二三℃位で、一回目は六十分、二回目は九十分寝かせ、三回目からは三十分毎に二、三回、軽くパンチをした後に分割、そのままの形ですぐに焼成。三〇

○℃で二十～二十五分焼きます。

☆繰り返しになりますが、充分スチームをこもらせた中で焼成することが重要です。

熱気がよくこもる石窯では、窯の天井に水をスプレーして、スチームを発生させます。スチームなしでは、このレシピによるパンの焼成は無理なので、一般に使われる電熱窯では、外部に簡易ボイラーを設置して、吹き込む必要があります。

スチームがすべてのパン、ケーキ生地にも大きな効果があることは、昔の原始的な内焚きの石窯が証明していますが、多くのベーカーは、そのことをノスタルジックに思うだけで、その意味を知ろうとしません。

カフェ・ミレットでの石窯パンのワークショップが始まった当初は、ドイツのブロッチェンに使われているドイツ玄麦の入手は果たせませんでしたが、現在は、ドイツ産古代小麦・ディンケルの原種子をもとに滋賀県で作付けされているものを使っています。ディンケルでも、これまでと同様、一〇〇パーセントの全粒粉を使っています。ディンケルは、種子を包む穎《ほさき》が硬く、自己受粉しないため、古代より他の小麦との交配がなく、昔のままの状態を守って来た珍しい小麦であり、独特の風味があります。

カフェ・ミレットのパンは、昔ながらの石臼で挽く一〇〇パーセントの全粒粉をもとに、手間と時間のかかる手仕込みの贅沢な製法です。プロであっても、普通のパン屋には真似のできない製法ですが、おいしい日本のご飯に対抗できる、唯一の京都生まれのパンです。そして、パンを味わうには、風味のよい発酵《ファーメンテッド》バターがよいのですが、この全粒粉一〇〇パーセントのパンは、ピクルスや日本の漬物も合うと思います。

ワークショップの資料にあるメッセージです。

> 今回も、小麦の製粉、パンの手作りを通して、食べることの楽しさ、その原点を一緒に追ってみたいと思います。
>
> 今日は特別な日です。ごゆっくりお楽しみください。

ワークショップの開催が決まると、カフェ・ミレットのブログに案内が出ますので、興味のある方は、是非、ご参加ください。

コラム　カフェ・ミレットの石窯パンのワークショップ

石窯パンのワークショップの会場となるのは、京都市左京区静原にある「カフェ・ミレット」。木々の葉音、小鳥のさえずり、小川のせせらぎ……、豊かな自然が奏でる音に包まれたサンクチュアリのような場所です。

参加者たちはこの日の工程表を手渡され、そのプログラムに沿って、ワークショップが進んで行きます。講師は、竹下晃朗さん、カフェ・ミレットのオーナーである隅岡敦史さん、樹里さん夫妻です。

玄麦を石臼で挽き、この粉と竹下さんが自宅で挽いてきたスペルト小麦の全粒粉を混ぜ、当日仕込みの生地を作ります。こうした作業は敦史さんが説明しながら進めますが、「やってみたい人はいますか？」と声がかかると、参加者はメモを取るだけではなく、実際に粉を挽いたり、生地を作ったり、延ばしたり。質問も飛び交い、こうした質問には、竹下さんと敦史さんが、ひとつひとつていねいに答えます。

こうしているうちに三〇〇℃に温度が上がった石窯から、燃えている薪や炭を取り出します。直火ではなく、余熱でパンを焼くのです。そして、並べた生地を窯に入れたら、すかさず窯の天井に向けて霧を吹きます。こうすることによって、窯の中にスチームがこもり、しっとりふくらんだおいしいパンが焼き上がるのです。

さらなるお楽しみは、樹里さんが作るお昼ごはん。ピザやコロッケ、サラダなど、おいしいヴィーガン料理が石窯パンと共にテーブルに並びます。どの料理も本当においしいので、「これ、どうやって作るんですか?」という質問も飛び交い、ヴィーガンチーズや甘酒を使ったドレッシングのレシピをメモする人も。

作業を共有し、お昼ごはんを一緒に食べることで、いつの間にかみんな、旧知の仲のように和気あいあいとしていて、おいしいものの情報交換をしたり、世代の違う人から知恵を分けてもらったり。

そして、午後からの石窯パンのワークが一段落すると、みんなで掃除をし、アンケートを書いたら、その日のワークショップは終了。お土産は、焼き上がったばかりの石窯パンです。

十年以上続くこのワークショップも、もう一〇八回を超えました。カフェ・ミレットのある静原まで多くの人がわざわざ足を運ぶのは、この場所、このワークショップが、いろいろな人をつなぎ、いろいろなものを生み出して行く「魔法」だから、なのかもしれません。

http://ishigama.blogspot.com/

（早川茉莉）

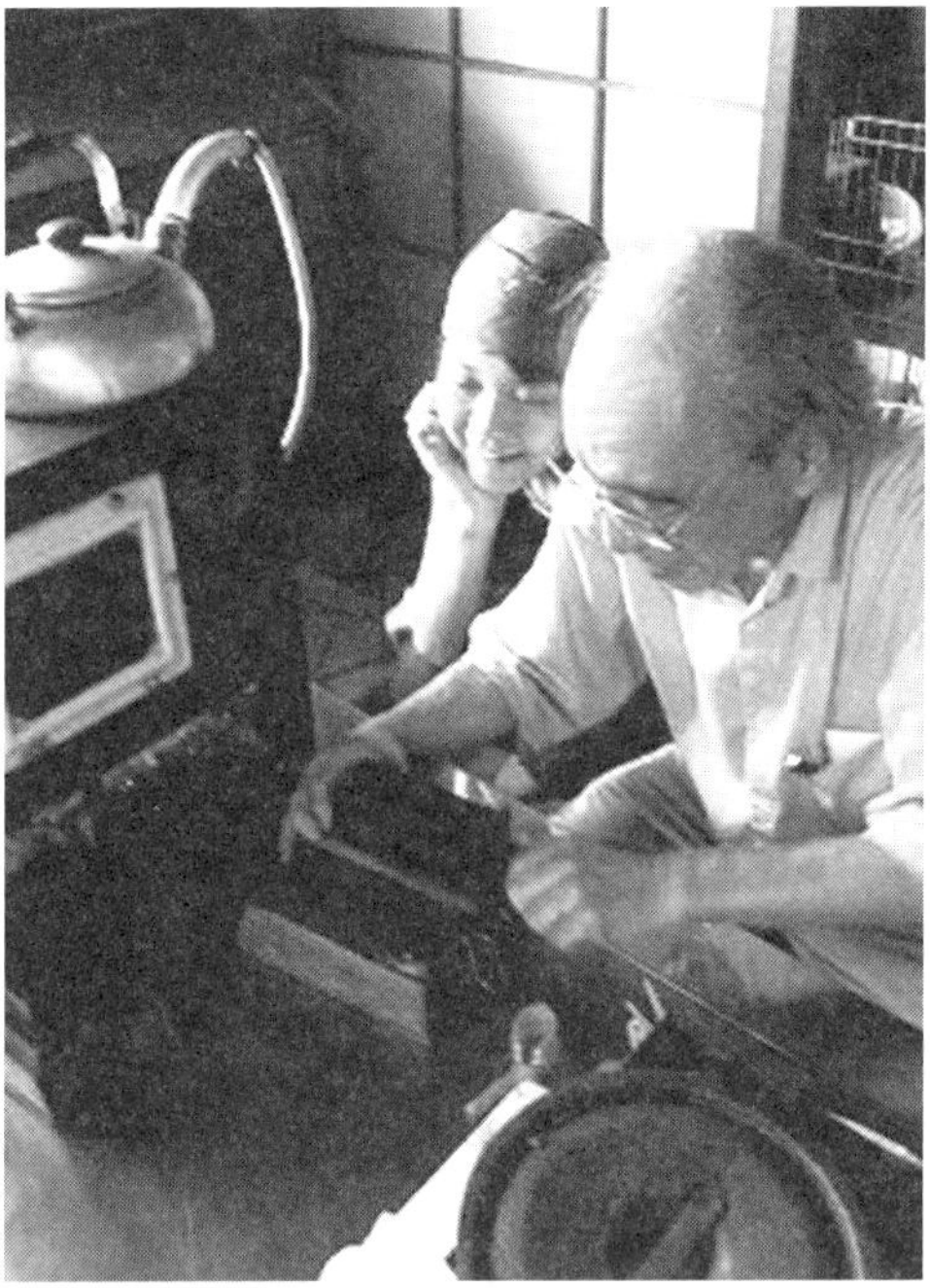

カフェ・ミレットの樹里さんと

ロシナンテのパンとは

私が目指すのは、おいしい小麦を探して、そのうまさを最大限に生かす作り方です。一般的に売られているパンというのは、粉そのものに風味がないため、バターだの、卵だの、砂糖だのをたくさん入れて、味をつけ、フワフワにしているものが多いですね。そういう材料を使えば、いろいろなパンが焼けるんでしょうが、私は全く興味がありません。見てくれとか、添加物でごまかすのではなく、からだのためにいいパン、いのちのパン、小麦の味がするおいしいパンを焼きたいと思い、研究を重ねて来ました。

しかし現状は、高度な技術による製粉と外国産小麦によるパンを求め、いかに形よく、おいしく味つけするかに関心が注がれています。日本人は、シンプルなお米のご飯には関心

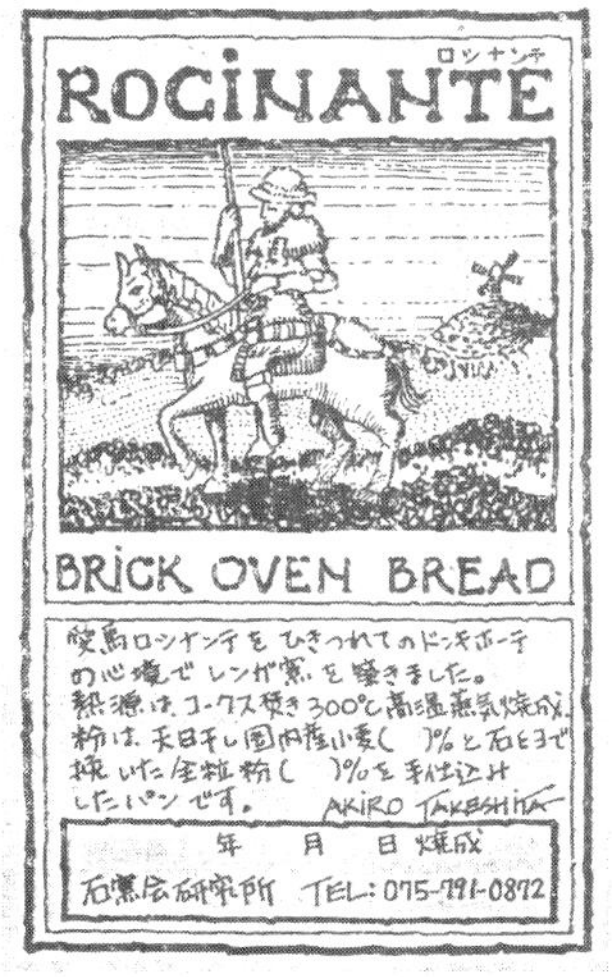

ロシナンテ窯のパンラベル
ラベルの絵は愛馬ロシナンテと共に進むドン・キホーテ

はあっても、パンにおける小麦本来の味には無関心です。

パンはお米のできない地域の食糧で、それなりに発展、進化したいのちの食べものですが、日本のパンは、生命のためから大きく外れています。

『食卓からの経済学』（日下公人著、祥伝社黄金文庫）という本に、プリンスホテルの躍進にからんだ面白いエピソードが書いてありました。ホテル開業にあたり、オーナーが出した指示は「アメリカ人が喜ぶホテル造り」というもので、その解答は、朝食に「本格的にまずいコーヒー」を出す。もちろん、この「まずいコーヒー」というのはレトリックで、あんまり上等に淹れたコーヒーばかりではなく、日本人の番茶に当たるようなコーヒーを出したらどうですか、ということなのです。

おいしいとはどういうことか、ということに対する答えは幾通りもありますが、アメリカ人にとっての朝のコーヒーは日本人の何に当たるか、と考えてみると、それは味噌汁ではないだろうか。そこで、もし毎日毎日、高級料亭で出されるような味噌汁を出されたらどう思うだろうか。手の込んだ贅沢な味噌汁はたまに飲むにはおいしいですが、毎日飲むのであれば、高級な食材は使っていないかもしれないけれど、ていねいに出汁をとったシンプルな味噌汁、お袋の味のような味噌汁のほうがいいということにならないだろうか。

アメリカ人にとってのコーヒーもそれと同じで、ふだん飲み慣れているコーヒーにおいしさを感じるのではないだろうか、ということの提案でした。

パンもまたしかり。見かけの派手さや粉の風味をさまざまなものでカバーしたものばかりではなく、小麦本来の味がするシンプルなパン、生命の食べものとしてのパン、質実剛健なパン、そして小さくても、その地域にしかない本物のパン。私が元気なうちにこんなパンを焼く店が生まれることを願っています。

私が焼くパンのノウハウ

1 原料小麦　中力で風味の強い滋賀県産のディンケルと、三十年以上に渡って分けてもらっている岩手県二戸の、あるパン屋の契約栽培による白小麦（ヒメホタル）の二種類。ただし、ディンケルは高価格、白小麦は限定品で希少。次点はホクシン、伊賀筑後オレゴンなど。

2 製粉　昔ながらの石臼で、ゆっくり、時間をかけて挽く一〇〇パーセントの全粒粉です。直径一尺（三〇・三センチ）、上下の重さ四〇キロの御影石の刻み溝に手を加えたことで、粉砕ではなく、一回挽きでやわらかい摺りつぶしの微粉にできるのです。このため、全粒粉一〇〇パーセントでも、軽く、食べやすいパンになります。

3　配合　全粒粉…一〇〇パーセント
　ドイツ産有機ドライイースト…〇・三パーセント
　麦芽糖液…四〇パーセント、一五九ページ参照
　天日塩…二パーセント
　室温の水…八〇パーセント、八〇～九〇パーセントの間、粉によって変わります
　大豆ミルク…七パーセント、一五九ページ参照

＊天然酵母は、風味のない市販の小麦粉には有効ですが、風味のある全粒粉の場合、粉自体の風味を生かすためには、無味無臭のドライイーストの方がいいと考えます。

4　生地　八〇～九〇パーセントの吸水生地をパンチのみで仕込むリュスティック。リュスティックは、ミキサーを使わない、最もおいしい手仕込みのパンです。

5　仕込み　3の配合分を軽く混ぜ合わせ、六十分休ませ、粉と水をなじませます。二回目は、グルテンをつなげるように生地を延ばし、ある程度生地が出来たら、九十分休ませます。
三回目は、ガスを抜き、生地を縦、横に折りたたむことを三回して、三十分休ませます。四回目と五回目は、三回目と同じ折り込みを、三十分おきに行います。

五回目の折り込み後、すぐに所定の大きさにカットして天板に並べ、少し休ませ、窯入れに入ります。

6　焼成　三〇〇℃の高温スチームをこもらせた三〇〇℃の石窯を使います。
石窯がなくても、石床または相当する焼床で、カマノビさせながらの焼成（ボイラーの飽和蒸気を使用。すぐ三〇〇℃に上がる！）で、石窯と変わりない焼き上がりになります。

スチームをこもらせることは料理では当たり前になっていますが、パンでは、欧米でもまだ行われていないようです。

ロシナンテのパンは、中力粉を使い、小麦本来のうまさを生かすという極めて日本的な発想から偶然生まれたリーンなパンといえます。

竹爺の石窯——京都・大阪のパン屋のこと

二〇一一年の春、カフェ・ミレットのワークショップに参加されたFさんという女性から、全粒粉のパン屋を開きたいと相談を受け、設計と準備をし、石窯のレンガ積みが始まりました。同時に、福知山の石屋に特注した直径三二センチの電動石臼も備えました。石窯は、それまでに造ったものとほとんど同じですが、南海地震にも耐えられるようにしました。

そのお店が大阪・帝塚山にオープンしたのは二〇一一年の一〇月で、店の名は「オーガニックパン工房 それいゆ」といいます。Fさんたちの努力もあって、店はとても繁盛しているようです。こうしたお店がもっともっと生まれたらとても嬉しいのですが、私も九十八歳になり、頼まれても、もう新たな石窯を造ることは難しくなりました。

二〇一一年夏の「竹爺リポート」（カフェ・ミレットでの石窯パンのワークショップ時に参加者

に渡すリポート）に、こんな風に書いています。

私はこの夏、満九十歳になりました。体力、知力共に衰えを感じることが多くなり、妻の病気のことも重なり、石窯造りは終わりにします。
パンは、五十年前、京都の進々堂に招かれたことから始まりました。その後、転々としながら、大手パンメーカーや、北海道・旭川から鹿児島までの九〇社にのぼる大型オーヴンの品質向上、八十余りのオーヴンフレッシュベーカリーの開店、外国製のオーヴンのメンテナンス等、よくやれたものと思います。しかし今や原点回帰で、石窯、石臼とは感無量です。

コラム

ディンケルについて

ドイツのパン屋でよく目にするのが、"Dinkel"（ディンケル）という名がついたパンです。オーガニックの店に限らず、一般のパン屋でも、必ずと言っていいほど売られています。

日本ではスペルト小麦と呼ばれていることが多いようですが、この小麦は、古代からの特徴を受け継ぐ伝統品種であるスペルト穀物に属しており、スペルト（もみがら）の名の通り、硬いもみがら層に覆われているのが特徴です。

八千年以上も前からエジプト人によって栽培され、ドイツでは紀元後五〇〇年頃から栽培が始まったと言われています。

多収量を目的に品種改良が加えられ、現在のかたちとなった一般の小麦と比べ、ディンケルは、他の小麦と交配もせず、人工的な改良もなく、古くからの性質や特徴をそのまま残しています。花実が硬い殻に包まれているため、他の花粉が入れないからです。

また、ディンケルは、頑丈であると同時に天候や環境の変化に強く、肥料の影響を受けにくいという特徴があります。そのため、荒れた土地での栽培にも適し、化学肥料を必要としないため、オーガニック栽培に適している作物と言われています。

そして、ミネラルやビタミン、タンパク質などの栄養素を多く含み、鉄、マグネシウムなどのミネラル、亜鉛や銅などの微量元素も含んでいます。さらには、薫り高く、しっかりとした風味があります。

二〇一五年四月のカフェ・ミレットでのワークショップの資料「ロシナンテ便り」に、「本日より、独特の風味を持つ古代小麦スペルト（ドイツではディンケル）のパンを焼きます」と書いていますが、私がディンケルのパンを焼くようになったのは、この頃からだと思います。

ディンケルは薄力粉に近いのですが、仕込み方法も従来とほとんど変わりません。

私が手作りしているパンの材料の作り方

大豆ミルク

水と油のように、通常お互いに混ざらないものを均一にするための添加物として、市販されているパンの多くには、乳化剤が使われています。これを使うことによって、パンの水分を保持し、長時間にわたって柔らかさを保つことが出来るのです。

しかし、こうした添加物を使わなくても、乳化剤は手作りできます。お試しください。

作るパンに用いる全粒粉の1パーセントの大豆粉（ミルで挽いてもいいですが、市販の大豆粉でも出来ます）を2倍の水で溶き、4～5倍のオリーブオイルを入れて激しく振ると、乳化します。私は大豆ミルクと呼んでいますが、これを仕込み水と一緒に混ぜて加えればいいのです。大豆ミルクはいわば天然の乳化剤です。私は、これを玉子1個の代わりに用います。どんな生地でも入れたほうがいいです。

大豆粉がない場合は、豆乳でも代用できます。冷蔵庫で保存し、早めに使い切りましょう。

麦芽糖液（モルトシロップ）

以前は発酵を助けるために砂糖を使っていましたが、発芽させた小麦にも糖化作用があるので、最近は、砂糖の代わりに小麦の麦芽糖液を使っています。甘さは砂糖の3分の1

くらいになります。3倍の水に溶かすので、その分、生地の水分量を調節します。

①麦芽粉1に対して10倍の小麦粉または全粒粉を加えます。

②①全量の3倍の水を加え、溶かします。

③②の液を炊飯器を利用して、5時間くらい保温（約60℃）しておくと、糖化して甘くなります（でんぷん質であれば、米でも何でも可）。

＊この麦芽粉はビール作りに使うもので（多くは大麦ですが、小麦でも同じです）、全粒粉のパンには丸ごと入れることが出来ます。

　私が使う麦芽小麦はドイツ産ですが、日本の小麦で芽を出せば同じように使えます。

竹爺の定番レシピ

竹爺パン

材料

ディンケル全粒粉…1000g

20～25℃の水…800cc（粉の80％）

粉によっては80～90％。麦芽糖、ドライイースト、大豆ミルク用の水を含む

天日塩…20g（粉の2％）

麦芽糖液…400g（粉の40％）

ドイツ産有機ドライイースト…3g

（100ccの温水で15分間、予備発酵させておく）

大豆ミルク…70g（粉の7％）

作り方

❶材料を軽く混ぜ合わせ、40分間休ませる。

❷生地を平らに手で延ばす。

❸軽く延ばした生地を縦、横の三つ折りにして軽く丸め、60分間休ませる。

❹❸を繰り返し、テーブル上で発酵させる。

❺四角に近い形に延ばし、縦2つ、横3つにカットする。

❻分割成形の約30分後に窯に入れ、300℃（焼床温度）で15〜30分焼成する。入れたらすぐに天井に向けて水をスプレーし、スチームを充分にこもらせる。

＊焼く時、表皮が乾いていたら、刷毛で表面を水塗りする。

＊スチーム機能のないオーヴンを使う場合は、焼く量を少なくして、焼き上がった時にほとんど乾くくらいの水を浸したタオル生地を3枚くらい天板に置いてスチームを発生させる。

ジンジャー・クッキー

材料
全粒粉…300g
無塩バター…170g
黒糖…100g
ショウガ…20g
天日塩…4g
スパイス（グローブ・アニス・メース〔ナツメグ〕・シナモンの粉末）…
各4g
重曹…4g

作り方

❶全粒粉と重曹は合わせて篩っておき、オーヴンは170℃に余熱しておく。

❷ボールに室温に戻したバターを入れ、黒糖・ショウガ・塩・スパイスを加えて、クリーム状になるまでよく摺り混ぜる。

❸全粒粉を加え、サックリと混ぜ合わせ、

粉っぽさがなくなったらひとまとめにする。

❹ ❸の生地をポリ袋に入れ、上から麺棒で5ミリ厚に延ばし、冷蔵庫で30分冷やす。

❺ クッキングシートに❹の生地を乗せて、型で抜く。

❻ オーヴンの天板にクッキングシートを乗せて❺を並べ、15〜20分焼く。

＊型の大きさによって、焼き時間を調整する。

ショートブレッド

材料　全粒粉…150g

バター…75g

砂糖…35g

作り方

❶ 篩った全粒粉にバターを加え、指先でつぶしながら、ポロポロの状態にする。

❷ ❶に砂糖を加え、サックリと混ぜ合わせ、ひとまとめにする。

❸ 型（私は直径25㎝の円形の型を使います）に入れて❷を手で延ばすようにして広げ、フォークで穴を開ける。

❹ 150℃に熱したオーヴンに❸を入れ、焼き色が付くまで、30〜35分焼く。

❺ オーヴンから出して冷まし、8等分に切り分ける。

＊どんな生地でもスチームはこもらせた方がよい。

マヨネーズ

材料　卵　酢　オイル　塩　砂糖　辛子

作り方

以前はちゃんと分量を量って作っていたのですが、材料をミキサーに入れて混ぜれば簡単に出来ることがわかったので、今は材料を目

分量で入れてザーッと混ぜ、少量ずつ作っていきます。作りながら好みの味に調整し、

自分好みのレシピを見つければいいと思います。

オーヴンに入る前のショートブレッド。お菓子の型も手作りだ

あとがき

二年前、編集者である早川茉莉さんから本を書いて欲しいとの要請を受けてビックリしました。私にはパンについての思いしかなく、とても書けるような力も文才もないと一度はお断りしたのですが、このほど、みなさんのおかげでこのような自叙伝（もどき？）がかたちになったことを、有り難く、心から御礼申し上げます。

本文にも書きましたが、私のパンの原点は、生まれたオーストラリアにあるようです。それが全粒粉の石窯パンにつながります。

このパンは竹下個人のパンであって、万人向けではありません。しかし、ここで気になるのは、市販のパンのほとんどがソフトさとしっとりさを求めるため、火通りの悪い、生焼けのようなパンになっていることです。

私のパンの最も特徴とすることは、三〇〇℃という高温スチームの中で焼くので、しっかりした火通りのパンだということなのですが、このような焼き方はまだどこにもなく、その研究も議論もないので、なかなか理解されません。

火通りということの定義はまだありませんが、生地に何らかの大きな変化があることを意味しています。パンだけではなく、広く菓子までその作用・効果は重要で、今後の大きな課題となるでしょう。

若き日、羽仁両先生のもとで永遠の少年像を求めてお互いに切磋琢磨した同級生は二十四人いましたが、現在、残っているのは、私を含め、二人だけになってしまいました。将来を嘱望されながら南方の戦争でなくなった同級生も四人います。そんな中で、病弱な私が九十八歳の今もこうして生きていることは、誠に不思議な運命としか思えません。

このような私が、本を上梓させていただくことになりました。お世話になった筑摩書房編集部の大山悦子さんと、特に企画から構成まで全面的に扶けてくださった早川茉莉さんがいなかったら、とても実現できなかったと思います。心から厚くお礼申し上げる次第です（大変申し訳ないことですが、私は、恩師の羽仁先生より、感謝という言葉は神に対して使うべきであって、みだりに云うべきではないと教えられているので、お礼と申し上げることをお許しいただきたいと思います）。

そして、七十年近く、私と人生を共にし、この本の出版を見ることなく今年五月三日に天に召された妻の信子と、私の一人暮らしを支えてくれている長男・亘の嫁の八千代にこの本をささげたいと思います。

この本が、ほんもののパン、いのちのパンにつながる「種」になれたなら、小生、こんなうれしいことはありません。

写真

来田　猛（以下を除く）

26、33、148ページ……キーン・竹下桃子

21（上）、163ページ……早川茉莉

158ページ……マーク・ピーター・キーン

39、84ページ……著者のアルバムから

イラスト

マーク・ピーター・キーン

装幀写真

来田　猛

98歳、石窯《いしがま》じーじのいのちのパン

二〇一九年十月三十日　初版第一刷発行

著者　竹下晃朗《たけしたあきろう》
構成　早川茉莉《はやかわまり》
発行者　喜入冬子
発行　株式会社　筑摩書房
東京都台東区蔵前二-五-三　郵便番号　一一一-八七五五
電話番号　〇三-五六八七-二六〇一（代表）
装幀　堀口努　underson
印刷製本　三松堂印刷株式会社

ISBN978-4-480-87908-0 C0095

◉筑摩書房の本◉

昭和育ちのおいしい記憶

阿古真理

カルピス、桜もち、イタ飯、牡丹鍋……。1968年生まれの著者が語る極私的な食い意地エッセイ。思い出をたどるうちに、ここ40年の食の変化も見えてくる。

かかわり方のまなび方

西村佳哲

働き方の質は、その場で人とどうかかわるかにかかっているのではないか。『自分の仕事をつくる』の著者がワークショップやファシリテーションの世界を探索した報告書。

ひとの居場所をつくる

ランドスケープ・デザイナー田瀬理夫さんの話をつうじて

西村佳哲

「これからの日本でどう生きていこう？」人と自然と社会の関係をつくるランドスケープ・デザインの仕事から、人が働き生きてゆく居場所をどうつくるのか考える。

住み開き

家から始めるコミュニティ

アサダワタル

自宅の一部を博物館や劇場、ギャラリーに。廃工場や元店舗を改装してシェア生活。無縁社会などどこ吹く風！　家をちょっと開けば人と繋がる。対話　三浦展ほか。

◉筑摩書房の本◉

〈ちくま文庫〉
素湯《さゆ》のような話
お菓子に散歩に骨董屋

岩本素白
早川茉莉編

暇さえあれば独り街を歩く、路地裏に入り思わぬ発見をする。自然を愛でる心や物を見る姿勢は静謐な文章となり心に響く。
解説 伴悦／山本精一

〈ちくま文庫〉
玉子ふわふわ

早川茉莉編

国民的な食材の玉子、むきむきで抱きしめたい！ 森茉莉、武田百合子、吉田健一、山本精一、宇江佐真理ら37人が綴る玉子にまつわる悲喜こもごも。

〈ちくま文庫〉
なんたってドーナツ
美味しくて不思議な41の話

早川茉莉編

貧しかった時代の手作りおやつ、日曜学校で出合った素敵なお菓子、毎朝宿泊客にドーナツを配るホテル、哲学させる穴……。文庫オリジナル。

〈ちくま文庫〉
つらい時、いつも古典に救われた

清川妙
早川茉莉編

万葉集、枕草子、徒然草、百人一首などに学ぶ、前向きにしなやかに生きていくためのヒント。古典講座の人気講師による古典エッセイ。
解説 早川茉莉